Evelyn Sanders

Advent fängt im September an

Evelyn Sanders

Advent fängt im September an

Geschichten vom Herbst bis zum Winter

Knaur

Besuchen Sie uns im Internet:
www.knaur.de

Wenn Ihnen diese Geschichten gefallen haben und Sie auf der Suche sind nach ähnlichen Büchern, schreiben Sie uns unter Angabe des Titels »Advent fängt im September an«:
frauen@droemer-knaur.de

FSC
www.fsc.org
MIX
Papier aus verantwortungsvollen Quellen
FSC® C019821

Neuausgabe September 2012

Ein Unternehmen der Droemerschen Verlagsanstalt
Th. Knaur Nachf. GmbH & Co. KG, München

Redaktion: Susanne Frank
Umschlaggestaltung: ZERO Werbeagentur, München
Umschlagabbildung: Nikolaus Reitze de la Maza
Satz: Adobe InDesign im Verlag
Druck und Bindung: C.H. Beck, Nördlingen
Printed in Germany
ISBN 978-3-426-65318-0

2 4 5 3 1

Inhalt

Weihnachten in Sicht

Adventszeit ist Fernsehzeit!

Das ist schon so gewesen, als meine Kinder noch an den Weihnachtsmann geglaubt beziehungsweise die Älteren versucht hatten, ihren jüngeren Geschwistern zu erklären, dass es den Weihnachtsmann eben *nicht* gibt. Nur stand dieser ausgerechnet jetzt in voller Lebensgröße vor jedem dritten Kaufhaus, womit seine Existenz ja bewiesen war. Die Vielzahl der Weihnachtsmänner einschließlich jener, die abends auf dem Bildschirm Rasierwasser, Daunenbetten und Modeschmuck anpriesen, ließ sich mit der Notwendigkeit von Hilfskräften erklären. »Das kann doch der Weihnachtsmann allein gar nicht schaffen!«

Vierjährigen kann man so etwas noch erzählen, sie glauben es.

Zwei Jahre später glauben sie es nicht mehr, aber sie tun so, denn offensichtlich glauben nun die Eltern an den Weihnachtsmann. Oder weshalb hat Mami zu Papi gesagt, der Weihnachtsmann könnte endlich mal einen neuen Geschirrspüler bringen?

Grundsätzlich habe ich nichts gegen Weihnachten; mich stören lediglich diese festgefahrenen Rituale nach der Devise: Das haben wir schon immer so gemacht!

Das haben wir noch nie so gemacht! Da könnte ja jeder kommen …!

Was wir schon immer gemacht haben: am ersten Advent mit der Plätzchenproduktion angefangen. Ist ja ein Sonntag, also wollen alle helfen, tun es auch mit großer Begeisterung, und wenn die halbe Küche einschließlich Fußboden klebt, beginnt im Fernsehen *Peterchens Mondfahrt*, worauf die gesamte Hilfstruppe unter Mitnahme zweier Hände voll Haferflockenplätzchen im Wohnzimmer verschwindet.

Zweiter Advent: Basteln. Buntpapier reicht nicht, Stefanie hat vergessen, die Strohhalme zu bügeln, die Tube mit dem Klebstoff ist unauffindbar, anfängliche Begeisterung auf dem Tiefpunkt, und überhaupt muss man ja nicht *jedes* Jahr etwas Neues an den Christbaum hängen. Im Fernsehen beginnt *Der kleine Lord*.

Am dritten Advent ist endlich genug Schnee gefallen (doch, das hat es seinerzeit noch gegeben!), da geht man natürlich rodeln, kommt aber pünktlich zum Beginn von *Cinderella* nach Hause. Ist zwar kein ausgesprochen weihnachtlicher Film, wird aber immer wieder gern gezeigt. Die nassen Kleidungsstücke liegen im Keller vor der Waschmaschine – vorweihnachtliches Entgegenkommen, normalerweise finde ich sie im Bad verteilt.

Vierter Advent: Karten schreiben! Mama schreibt den Text, Papa die Umschläge, die Kinder kritzeln je nach Alter nur ihren Namen darunter oder »Fiele Grüse fon Kati«.

Im Fernsehen beginnt die Weihnachts-Episode mit Michel aus Lönneberga, ist auch nicht mehr so ganz neu!

So weit also jenes »… schon immer so gemacht«.

»… noch nie so gemacht« geht anders: Wir haben noch nie Weihnachten in der Karibik erlebt, aber auch noch nie in einem Iglu am Nordpol. Soll unvergesslich sein. Das glaube ich sogar, von Frostbeulen soll man ja jahrelang etwas haben.

Heiligabend auf einem Luxus-Liner irgendwo zwischen Sansibar und Madagaskar hätte bestimmt etwas für sich, Neuseeland würde mich auch reizen, da werden die Weihnachtsgeschenke schon ausgepackt, während sie bei uns erst eingewickelt werden, der Weihnachtsmann heißt Santa Claus, und er trägt auch keinen langen Mantel, sondern einen roten Anzug mit künstlichem Pelzbesatz.

I'm dreaming of another Christmas …

Jetzt könnte man sich diesen Traum sogar erfüllen, müsste ja nicht gleich Neuseeland sein, Vorarlberg im Schnee würde schon genügen, nur sind Omas und Opas in der Adventszeit und erst recht zu Weihnachten noch genau so unabkömmlich wie früher, als sie bloß Eltern waren. Besonders gern werden sie zur Beaufsichtigung der Enkel abkommandiert, wenn Mama und Papa jene Geschenke besorgen, die der Weihnachtsmann später persönlich abliefern soll. Und genau dazu wird Opa gebraucht, der schon seit einer Woche versucht, die aufgelisteten Ermahnungen zwei Oktaven tiefer anzulegen; er hört sich aber immer noch an wie gerade im Stimmbruch.

Oma wiederum ist zuständig für jene Geschenke, mit denen die Enkel ihre Eltern beglücken werden. Begonnen im Kindergarten, mangels Talent und Begeisterung nie über das Anfangsstadium hinausgekommen, muss sie sich um die Fertigstellung bemühen, vorausgesetzt, sie findet heraus, was es mit den 17 Zentimetern gehäkelter Luftmaschen auf sich hat.

»Das muss man noch mal genauso lange zurück häkeln und dann noch mal und noch mal und dann macht man da eine Schnecke draus, und wenn man das genäht hat, ist der Untersatz fertig«, erläutert der gerade mal Sechsjährige, recht geschickt im Umgang mit winzigen Plastikteilchen, völlig untalentiert für Handarbeiten, die im Zeitalter der Gleichberechtigung aber auch Männer in bescheidenem Umfang beherrschen sollten, und damit kann man natürlich nicht früh genug anfangen.

Nachdem Oma gemäß den Angaben dreimal hin und her gehäkelt, das fertige Teil zusammengerollt und festgenäht hat, stülpt es sich rundherum hoch und würde allenfalls als Untersatz für ein Schnapsglas reichen bzw. ein solches sogar zur Hälfte umhüllen. Also häkelt Oma etwas Neues, das nach Fertigstellung keinen Zweifel mehr an seinem Verwendungszweck aufkommen lässt, allerdings auch noch nie benutzt worden ist. Mama sagt immer, dafür sei es viel zu schade.

Enkel Nr. 3 hat erst etwas *ge*-klebt, das nun *be*-klebt werden muss, nur hat sich die ganze Konstruktion als ziemlich instabil erwiesen, der Deckel passt auch nicht so richtig drauf ... zur Aufbewahrung von Manschettenknöpfen und ähnlichen Kleinteilen männlicher Garderobe wird sich das Kästchen nicht eignen. Onkel Sven übernimmt die Anfertigung eines neuen Behälters, Oma schneidet die Einzelteile der vorgesehenen Dekoration aus Buntpapier, Enkel klebt sie drauf und ist maßlos stolz auf sein Geschenk für Papi.

Das Geschenk für Mami besteht aus einer ehemaligen Käseschachtel, was sich trotz mehrmaligem Einsatz von Eau de Toilette nicht ganz verbergen lässt, aber der sehr schön beklebte Deckel schließt verhältnismäßig dicht, und überhaupt sollen ja nur Briefmarken rein. Mami schreibt allerdings E-Mails, Rabattmarken gibt es auch nicht mehr, aber es wird sich schon was finden zum Aufbewahren; Gummibänder zum Beispiel braucht man immer mal, wenn man aus einer gerollten Zeitung eine Fliegenklatsche machen will oder beim Gänseblümchenstrauß die kurzen Stiele zusammenbinden muss, damit sie nicht einzeln aus dem Eierbecher fallen.

Enkel Nr. 1, bereits Taschengeldempfänger mit regelmäßigen Zulagen für fehlerfreie Klassenarbeiten, fühlt sich über Selbstgebasteltes erhaben und verschenkt lieber Angebote von jenem Laden, in dem Restposten jeglicher Art relativ preiswert verhökert werden. Zum Glück bevorzugt er Kleinteile, hat sich also noch nie an einer ovalen Zierdecke für den Couchtisch vergriffen oder an einem hellblauen Blumenübertopf mit Zwergen darauf. Kaffeebecher kann man jedoch nie genug haben, da geht immer mal einer kaputt, und Gutscheine für dreimal Spülmaschine ausräumen und zweimal Unkraut zupfen im Erdbeerbeet sind ja auch nicht zu verachten, zumal die Einlösung einer derartigen Zusage saisonabhängig ist und mitunter auch in Vergessenheit gerät.

Mit verschenkter Musik kann man angeblich nie etwas verkehrt machen, trotzdem wäre es mir lieber gewesen, wenn von dem umgestürzten Lkw-Anhänger nicht so viele CDs mit Melodien aus den Anden heruntergefallen wären;

die Panflöte gehört nicht gerade zu meinen Lieblingsinstrumenten.

Opa muss sich über ein Sortiment unterschiedlich großer Schraubendreher freuen. Tut er auch, denn nun ist das dritte Dutzend endlich voll.

Eine ebenfalls schon Wochen vor dem Fest zu klärende Frage ist, wer mit wem wo den Heiligen Abend verbringen wird, denn es gibt ja nicht mehr nur den Sanders-Clan, bei dem sich früher alles abgespielt hat, sondern es sind drei neue Familien dazu gekommen, mit Omas und Opas und sogar einer unverheirateten Großtante, die 270 Kilometer entfernt lebt, das ganze Jahr über nichts von sich hören lässt, aber gerade zu Weihnachten von verwandtschaftlichen Gefühlen übermannt wird und »nur für ein paar Tage« kommen möchte. »Es kann mich doch bestimmt jemand abholen?«

Genau genommen ist es nur die Keimzelle der Sanders-Sippe (man kann auch »Elternhaus« sagen), die noch dort zu finden ist, wo sich die Familie vor etlichen Jahrzehnten angesiedelt hatte, denn die Nachkommen wohnen jetzt viele Autobahn-Kilometer weit auseinander. Deshalb gibt es auch eine vorweihnachtliche Konferenzschaltung über Festnetz und diverse Handys.

Katja: »Also, im letzten Jahr waren wir alle bei euch zu Hause, aber diesmal will Toms Vater unbedingt dabei sein, nur verträgt dessen Mutter mit ihren 90 Jahren die lange Autofahrt nicht mehr, also müssen wir rauf nach Hessen. Aber wir können uns am zweiten Feiertag sehen!«

Nicki: »Nee, da sind wir bei Jörgs Eltern eingeladen. Die

sind Heiligabend bei uns, aber der andere Termin steht auch schon lange fest.«

Sascha: »Sehen wir uns denn in diesem Jahr überhaupt noch mal?«

Ich: »Wie wär's mit Silvester?«

Sascha: »Da kommt meine Schwägerin samt Mann und Kindern aus Hamburg runter!«

Ich: »Wie lange bleiben sie?«

Sascha: »Garantiert zu lange!«

Katja: »Wie wär's denn gleich *nach* den Feiertagen? Es sind doch Ferien!«

Sascha: »Ja, für Lehrer. Ich bin aber keiner!«

Nicki: »Das wird doch in diesem Jahr nichts mehr! Vielleicht sollten wir schon mal was für Ostern ausmachen!«

Katja: »Quatsch! Wir telefonieren uns nächste Woche noch mal zusammen! Da sieht vieles schon wieder anders aus!«

Ich: »Stimmt! Dann sind's nur noch sechs Tage bis Heiligabend!«

Nachdem die Hörer aufgelegt und die Handys abgeschaltet waren, schüttelt Sven den Kopf: »Määm, sind wir früher nicht mal eine ganz normale Familie gewesen?«

»Doch, aber das ist lange her!«

Reif für die Insel

Eine Insel aus Träumen geboren ...«, tönte es aus dem Radio, während ich mit der zusammengeknüllten Zeitung von gestern die frisch geputzte Fensterscheibe trocken rieb (ja, ich weiß, es gibt effektivere Methoden, aber die mit Zeitungspapier klappt bei mir am besten!), »... ist Hawaii, ist Hawaii ...«, schnulzte der inzwischen auch in die Jahre gekommene Sänger. Ob er überhaupt weiß, wovon er singt?

Natürlich ist diese Insel schön! Zumindest auf dem Bildschirm, denn ich kenne Hawaii lediglich aus jener mindestens 20 Jahre alten TV-Serie, in der ein sportlicher Mann namens Magnum das riesige Anwesen eines Multimillionärs betreut und nebenbei Verbrechen aufgeklärt, Gangster zur Strecke gebracht, Katastrophen verhindert und jedes Mal eine attraktive Frau im Arm gehalten hatte. Dabei hätte mich der Multimillionär viel mehr interessiert, aber der war ja nie zu sehen.

Trotzdem wäre ich jetzt liebend gerne auf Hawaii. Bekanntlich scheint da immer die Sonne, es ist warm, überall gibt es breite weiße Strände, und wenn im Film doch mal am Horizont richtig dicke dunkle Wolken aufzogen, hatte das dramaturgische Gründe. Bei Flaute kentert nämlich kein Segelboot, und dann gibt es auch keine Blondinen zu retten.

Ich hatte gerade die Leiter weggeräumt und das nasse

Zeitungspapier in der Mülltonne entsorgt, als die ersten Schneeflocken vom Himmel trudelten. Wieso auch nicht? Erstens hatte ich Fenster geputzt, was erfahrungsgemäß in acht von zehn Fällen einen Regen- beziehungsweise Schneeschauer nach sich zieht, und zweitens fing morgen der Weihnachtsmonat an und damit auch der Zeitpunkt, zu dem ich jedes Jahr ans Auswandern denke – ungefähr bis Mitte März.

In diesem Augenblick läutete das Telefon. Stefanie war dran. »Wie schnell kannst du einen Koffer packen?«

»Für Hawaii in einer Stunde, da genügen Shorts und Shirts, aber ...«

»Wie kommst du auf Hawaii?«, unterbrach sie mich, »wir fliegen doch bloß nach Mallorca!«

»Wer ist wir?«

»Na, wir beide.«

»Du und Hannes?«

»Nein, du und ich! Für vier Tage! Zur Belohnung!«

Belohnung wofür? Wahrscheinlich für fast einen Monat Arbeitseinsatz in jener Heidelberger Firma, die den meisten Lesern meiner Bücher inzwischen bekannt sein dürfte. Dort ist der November der verkaufsträchtigste Monat des Jahres, jede Hand wird gebraucht, aber mehr noch die Beine, die Halle ist 50 Meter lang, und das, was gerade vorne an der Kasse verlangt wird, steht meistens ganz hinten. Andere Menschen gehen ins Fitnessstudio – ich fahre nach Heidelberg!

»Warum sagst du nichts?«, tönte es aus dem Hörer. »Hast du keine Lust auf Mallorca?«

»Doch, aber lohnt sich das denn für die kurze Zeit?«

»Natürlich! Die haben da unten jetzt 18 Grad plus, blauen Himmel und Sonne pur. Der Flug nach Palma dauert zwei Stunden, ein Mietwagen ist schon gebucht, bis nach Paguera rechne ich zirka 50 Minuten … also können wir mittags schon Paella essen. Und haben immer noch einen halben Tag vor uns. Und vier ganze!«

»Wo auf der Insel liegt denn dieses Pa… Paga… wie heißt der Ort noch mal?«

»Paguera. Ist nicht weit weg von Andratx, wo die ganzen Promis wohnen, das kannste immer in den bunten Blättchen lesen!«

»Ich gehe nicht so oft zum Friseur wie du!« Und weil ich nicht die geringste Ahnung hatte, wo ich Andratx suchen müsste, geschweige denn dieses Pa… sowieso, ich wusste ja gerade mal, wo Mallorca liegt, war es also völlig zwecklos, Steffis geografische Erläuterungen nachzuvollziehen.

»Auf der Karte ist es halblinks unten«, begann sie von neuem.

»Danke! Die habe ich auch gerade vor mir liegen!«

Da endlich platzte ihr der Kragen. »Kommst du nun mit oder nicht? Ich finde bestimmt jemanden, der für dich einspringt.«

So weit kommt's noch!

»Natürlich fliege ich mit! Ich kann dich doch nicht allein diesen heißblütigen spanischen *caballeros* ausliefern!«

»Die haben jetzt keine Saison, wahrscheinlich machen sie selber Urlaub. Zwecks Regenerierung! Was sich um diese Jahreszeit auf Mallorca aufhält, sind verheiratete Einheimische und deutsche Pensionäre, die ihren Zweitwohnsitz auf der Insel haben beziehungsweise Langzeitmieter sind mit Winterrabatt in sonst leer stehenden Hotels. Und natürlich Dieter Bohlen.«

»Wozu zählen wir denn?«

»Zu den ganz normalen Touristen mit Doppelzimmer und Halbpension im Hotel *Tres Palmes*.«

»Eben! Außer *buenos dias* und *gracias* kann ich kein einziges spanisches Wort. Kennst du ein paar Vokabeln?«

»Nein, woher denn? Aber bekanntlich kommt man mit Englisch überall durch, und auf Mallorca genügt Deutsch!«

Das war der erste Irrtum.

Der zweite betraf das Wetter. Bei unserer Ankunft regnete es nämlich. Spanischer Regen ist natürlich ganz anders als deutscher, er fällt sanfter vom Himmel, ist nicht so kalt, und überhaupt saßen wir ja in einem Auto Marke Schuhkarton, von Stefanie nach der ersten Umrundung dieses Gefährts als »nicht klein, sondern kompakt« bezeichnet.

Dass Flugplätze außerhalb einer Stadt angesiedelt sind, ist vernünftig, Taxifahrer wollen auch leben, und grasende Kühe haben sich noch nie über Lärmbelästigung beschwert, nur muss man nach der Ankunft auch den Weg in bewohnte Gebiete finden.

»Auf'm Rücksitz soll eine Karte liegen«, sagte Steffi und fädelte sich in den Verkehr Richtung Zentrum ein, »guck mal rein! Es wird ja wohl irgendwo einen Abzweig zur Küstenstraße geben.«

Gab's auch, aber wer weiß denn schon, dass *salida* Ausfahrt heißt?

Die nächste verpassten wir aber nicht mehr, ohnehin hatte sich unser spanisches Vokabular schon um einige verkehrstechnische Begriffe vergrößert, und nun lernten wir schon wieder einen neuen dazu, nämlich *tráfico giratorio.* Bei uns heißt das Kreisverkehr.

Die Bewohner von Paguera hatten sich offenbar alle zur mittäglichen Siesta zurückgezogen, kein Mensch war zu sehen, nur drei Katzen, und überhaupt schien der ganze Ort – touristisch betrachtet – bereits im Winterschlaf zu liegen, angefangen von der Zimmervermittlung über den Bootsverleih bis zum Eiscafé und den meisten Shops, Restaurants und Kneipen. *Cerrado* heißt übrigens »Geschlossen«.

»Na wennschon«, meinte Steffi achselzuckend, »wir sind ja nicht zum Essen hier, sondern zum Erholen!«

»Einschließlich Fastenkur?«

Quadratisch! Praktisch! Gut! Das war mir sofort beim Anblick unseres Hotels eingefallen; aber man soll sich ja nicht von Äußerlichkeiten abschrecken lassen. Das Zimmer im zweiten Stock war in Ordnung, der Fahrstuhl zurzeit außer Betrieb, macht nichts, Treppensteigen ist gesund, und überhaupt wollten wir hier doch lediglich schlafen. Und essen, aber nur morgens und abends. Doch nachdem wir die Koffer ausgepackt, Fläschchen und Döschen im Bad verteilt und uns geeinigt hatten, welche Kleidungsstücke jeweils einen der fünf vorhandenen Bügel beanspruchen durften, verschoben wir den geplanten Spaziergang auf später, fielen »nur für ein halbes Stündchen« in die Betten und wachten erst auf, als es draußen schon dunkel war und das Zimmermädchen die Vorhänge schließen wollte.

»Jetzt haben wir drei Stunden Sightseeing verpennt«, beschwerte sich Stefanie, »warum hast du uns nicht geweckt?«

Weshalb der uns zugewiesene Tisch in der Mitte vom Speisesaal stand, wurde mir klar, als sich sämtliche Blicke auf uns richteten; wir waren nicht nur gerade angekommen, sondern richtige Fremde, die man hier noch nie gesehen hatte und die eigentlich gar nicht zu den bereits vorhandenen Gästen passten.

Die meisten Tische waren nämlich von jeweils zwei Paaren im schon fortgeschrittenen Rentenalter beziehungsweise von drei oder vier offenbar allein reisenden Damen irgendwo zwischen Ende 50 bis Anfang 80 belegt – gut gekleidet, gut frisiert und anscheinend auch gut zu Fuß, denn nachdem man uns ausreichend besichtigt hatte, wurden die unterbrochenen Gespräche wieder aufgenommen.

»Du hättest dich uns anschließen sollen, Eli«, tadelte die Blondine am Nebentisch, »der Weg zu dem Anwesen war wirklich nicht beschwerlich.«

»Ich laufe doch nicht eine Stunde lang über Trampelpfade, nur um von hinten über den Gartenzaun von Claudia Schiffer zu gucken!«, konterte Eli. »Habt ihr denn wenigstens was gesehen?«

»Nicht viel«, musste die Dame, die offenbar Helma hieß, zugeben, »die Hecke ist viel zu hoch, aber durch eine Lücke konnten wir dann doch den Pool erkennen und ein bisschen was vom Haus.«

Am Vierertisch hinter uns stritten sich Albert und Willi, ob Weißbier besser schmeckt als Pils, dabei hatten beide Wein vor sich stehen, und schräg gegenüber wurde man sich nicht einig, ob man sich vor sieben oder doch schon vor acht Jahren hier auf der Insel kennengelernt hatte. »Das war 1999«, sagte die mit der schwarzen Pudelfrisur, »da hat nämlich mein Otto noch gelebt. Im Frühjahr darauf ist er ja gestorben.«

Nach einer pietätvollen Schweigeminute Themawechsel. »Wer ist eigentlich der Mann, mit dem die lange Dürre aus Dortmund hier ist, mir fällt ihr Name nicht ein. Das letzte Mal hat sie doch einen ganz anderen dabeigehabt …«

»Ja, und außerdem war sie da noch brünett! Jetzt hat sie rote Haare!«

Es half nichts, ich musste noch mal zum Büfett und irgendetwas auf den Teller laden, sonst wäre ich herausgeplatzt! Prompt kam Steffi hinterher. »Wo sind wir bloß hingeraten?« Kichernd löffelte sie Obstsalat in ein Schüsselchen. »Mir kommt das hier vor wie ein Klassentreffen aus den dreißiger Jahren.«

»Geburtsjahrgang oder Schulabschluss?«

»Irgendwas dazwischen. Ich habe ja gleich vermutet, dass das hier ein Rentnerhotel zum Überwintern ist.«

»Schon kapiert! Ich werde es für später in Betracht ziehen!«

»Das kurze ist Palma, das lange Valldemossa!«

Ich zog das lange Streichholz. Gesättigt vom reichhaltigen Frühstück saßen wir im Auto, Steffi hatte die Straßenkarte auf den Knien und ich das kleine Büchlein mit den mallorquinischen Insidertipps.

»Hinter jeder Kurve überraschen bedrückende Kompositionen aus tiefblauem Meer, den silbergrauen Häuptern alter Olivenbäume und …«

»*Was* für Kompositionen überraschen uns?«, unterbrach mich Steffi und faltete die Karte zusammen.

»Bedrückende«, wiederholte ich, »vielleicht sollten wir uns doch ein anderes Ziel suchen!«

»Warum denn? Wenn ich mit einem kranken Komponisten irgendwo auf'm Berg in einem alten Gemäuer hausen müsste, dann würde ich das auch bedrückend finden. George Sand war doch Dichterin oder so was Ähnliches ...?«

Eine weitere Erörterung dieses Themas war wenig ergiebig, außerdem hatte ich inzwischen festgestellt, dass in der blumigen Schilderung der vor uns liegenden Strecke nicht von bedrückenden, sondern von *berückenden* Kompositionen die Rede war. Nun ist solch eine Beschreibung natürlich ziemlich subjektiv; meine würde weniger euphorisch als die des Verfassers klingen. Ich finde nämlich eine sich aufwärts windende Serpentinenstraße ohne Leitplanken an der Seite alles andere als berückend; im Falle eines Falles würden lediglich jene silbergrauen Olivenbaumhäupter eine gewisse Bremswirkung haben.

Valldemossa ist ein entzückender kleiner Ort, in dem man vermutlich erst gegen Abend die bunten Kachelbilder an den Häusern und den üppigen Blumenschmuck vor Fenster und Türen richtig wahrnehmen kann, weil dann endlich die Ausflugsbusse mit den Touristenschwärmen wieder abgefahren sind. Am Spätnachmittag wurde es zwar zusehends leerer, aber nun wollte Steffi auch nicht mehr länger warten. »Die Serpentinen im Dunkeln? Kommt nicht in Frage! Zinksärge für die Rückführung unserer sterblichen Überreste sind im Reisepreis nämlich nicht enthalten!«

Die Sonne war gerade ins Meer gefallen, als wir vor dem Hotel eintrafen, keinen Parkplatz mehr fanden, schließlich auf einem *solamente habitante* hielten und am nächsten Morgen ein Knöllchen unter dem Scheibenwischer hervorzogen. Bei uns darf man ja auch nicht parken, wenn da *Nur für Anwohner* steht.

Der Speisesaal war schon fast leer, als wir frisch geduscht und geföhnt an unserem Tisch Platz nahmen, doch das war verständlich, denn wir waren schon am Morgen von Portier Alfonso informiert worden, dass am Abend im Kleinen Saal eine Quizshow mit wertvollen Preisen und anschließend Tanz stattfinden werde.

»Da müssen wir doch nicht hin, oder?«, hatte Stefanie abgewinkt, schien aber jetzt ihre Meinung geändert zu haben. »Natürlich gehen wir mal gucken, oder hast du was Besseres vor?«

»Ja, die letzten 117 Seiten von meinem Buch.«

»Kannste nachher auch noch lesen!«

Das Nachher war sogar ziemlich bald, weil der Maître de Plaisir den Zettel mit den Fragen nicht finden konnte und man gleich zum gemütlichen Teil des Abends mit 3-Mann-Kapelle und Damenwahl überging. Also wechselten wir hinüber in die Bar, wo ein Schweizer Ehepaar sich langsam, aber stetig volllaufen ließ.

»Haben wir im Zimmer eigentlich eine Minibar?«, flüsterte Steffi mit Blick auf das schweigend vor sich hinstarrende Paar.

»Ja, aber da steht kein Campari drin.«

»Dann trinkst du den Orangensaft mal pur«, bestimmte meine Tochter, »ist sowieso viel gesünder. Und billiger!«

Dritter Tag. Himmel bedeckt, Temperatur 16 Grad plus, Benzin preiswerter als zu Hause, und immer nur besichtigen kann man ja auch nicht. Kurz gesagt: Steffi wollte nach Palma. Natürlich wegen der Kathedrale; sie zu bewundern ist mindestens so unerlässlich wie ein Besuch des Doms, wenn man gerade in Köln ist, oder des Hofbräuhauses in München, das Uneingeweihte gar nicht auf Anhieb finden und schlimmstenfalls sogar Einheimische fragen müssen. Die nehmen das aber ziemlich übel, weil »des woaß a jeder«.

Palma hat aber auch sehr viele und sehr schöne Geschäfte, und wenn man genug Altes beguckt hat, Stadtmauer und Park und Jugendstilbauten – die Kathedrale war noch geschlossen –, dann braucht man zwischendurch auch mal einen Stuhl und einen Cappuccino.

Um halb zwölf war die Kathedrale immer noch zu. Touristen unterschiedlicher Nationen umrundeten das riesige Bauwerk, fotografierten es von allen Seiten, rüttelten an Türen, auch wenn kurz vorher schon ein anderer gerüttelt hatte, und speziell die deutschen Urlauber bemängelten das Fehlen jeglicher Informationen. »Bei uns daheim täte ein Schild an der Tür hängen mit den Öffnungszeiten!« Hier hing aber keins.

Auch um halb eins, nachdem wir unsere ersten Einkäufe (*preiswert* ist ein sehr dehnbarer Begriff!) im Auto abgeladen hatten, blieben die Kirchentüren zu. Und immer noch umkreisten Scharen von potenziellen Besuchern den riesigen Bau, nur waren es jetzt andere. Sie rüttelten aber auch an den Türen.

»Wir wollten doch sowieso einen Abstecher zum Ballermann machen«, erinnerte Stefanie, »vielleicht ist die Kathedrale nur nachmittags offen. Auf dem Rückweg müssen wir doch eh dran vorbei.« (*Dran vorbei* gehört auch zu den dehnbaren Begriffen.)

Jener berühmte und mehr noch berüchtigte Strandabschnitt liegt ein paar Kilometer östlich von Palma und ist schon von weitem wegen der gleich dahinter aufragenden und mindestens zehn Stockwerke hohen Hotelklötze erkennbar, die alle auf einem Haufen stehen und in jedem Jahr Zuwachs bekommen. Wer in der oberen Hälfte wohnt, hat sogar Meerblick.

Nun ist der Dezember nicht gerade ein Monat, in dem es einen Mallorca-Besucher an den Strand zieht. Es war auch kaum jemand da. Und genau deshalb hatten wir Schwierigkeiten, uns die Belegung in Siebenerreihen vorzustellen, wie man es während der sommerlichen Ferienzeit gelegentlich im Fernseher bestaunen kann; nebeneinander ginge es ja, da gibt es rechts und links noch ein paar Kilometer Sand, aber wer will schon so weit weg von Futtertrögen und Zapfstellen sein Handtuch ablegen? Folglich bettet man sich untereinander, Liegestuhl hinter Liegestuhl mit sehr geringem Spielraum.

»Es könnte klappen«, meinte Stefanie, nachdem sie eine Weile auf den leeren Strand gestarrt und kabbalistische Zeichen in die Luft geschrieben hatte. »Wenn man sich allerdings nicht gleich am ersten Tag den genauen Standort und die Nummer vom nächstgelegenen Klohäuschen gemerkt hat und von da aus den vorher zu ermittelnden Winkel runter zum Meer auch nicht mehr weiß – dann allerdings dürfte man im Hochsommer ernsthafte Schwierigkeiten haben, sein Badelaken wieder zu finden.«

Momentan gehörte der Strand den Überwinterern, leicht

zu erkennen an den gebräunten Gesichtern und dem gemächlichen Tempo, in dem sie ihren selbst verordneten Spaziergang absolvieren. Nordic Walking war offenbar wenig beliebt, aber so dicht am Wasser ist der Boden eh viel zu weich, und sowieso muss man ja nicht alles mitmachen, was gesund ist.

Dass man Teenager in regelmäßigen Abständen füttern muss, ist eine allgemein bekannte Tatsache; allerdings gibt es Erwachsene, die auch fünfundzwanzig Jahre später noch dieser Gewohnheit anhängen, und dazu gehört Stefanie. Also suchten wir ein Strandrestaurant mit verglaster Terrasse auf und bestellten *tortilla francesa*; klang richtig gut, entpuppte sich aber als simples Omelett mit ohne was dazu. Mangelnde beziehungsweise so gut wie gar keine Kenntnisse der Sprache sorgen in einem fremden Land häufig für Überraschungen.

Um 16 Uhr war die Kathedrale in Palma immer noch zu, die Parkplätze rundherum und auch noch weiter weg ausnahmslos besetzt, doch dann fuhr tatsächlich ein Wagen aus einer Lücke heraus und Stefanie sofort hinein. »Und sogar kostenlos!«, freute sie sich. »Oder siehst du hier irgendwo ein Schild?«

Ich sah keins. Allerdings sah ich auch keinen Grund, hier überhaupt zu parken, die Kathedrale hatten wir bereits mehrmals von allen Seiten besichtigt, den Park drum herum ein paar Mal durchkreuzt, hatten vom Aussichtsplatz aus vorschriftsmäßig aufs Meer geguckt und zweimal Geld in eine der aufgestellten Sammelbüchsen geworfen, wobei offen blieb, ob wir nun für die Instandhaltung der Kathedrale gespendet hatten oder für das Domizil heimatloser *pescadores* – also wollte ich jetzt entweder die Kirche von innen sehen oder allmählich auf die *autopista* Richtung Hotel.

Stefanie hatte allerdings andere Vorstellungen, und die führten genau ins Einkaufsviertel und erst wieder hinaus, nachdem sie das »entzückende weiße T-Shirt« (im Dezember!) und drei Straßen weiter die passenden weißen Sandalen gekauft hatte (laut Wetterbericht hatte es zu Hause die ganze Nacht lang geschneit). Danach suchten wir eine Viertelstunde lang unser Auto, und als wir es endlich gefunden hatten, hing ein dickes rotes Knöllchen dran – jedenfalls identifizierten wir es als ein solches. Der freie Parkplatz war zwar frei gewesen, aber nur für Anwohner mit entsprechender *disco de estacionamiento*, bei uns zu Hause Parkscheibe genannt.

Das abendliche Vergnügungsprogramm im Hotel sah den Auftritt einer deutschen Sängerin vor, die »romantische Lieder« zum Vortrag bringen würde. Nach Romantik war uns beiden nicht zumute, also verzog sich Steffi nach dem Abendessen mit der Gerichtsmedizinerin Tempe Brennan ins Bett, während ich Inspektor Lynley bevorzugte; der ist erstens ein Mann und zweitens von Adel. Die besten Krimis kommen nun mal aus England …

Dritter Tag: Es regnete – vor dem Frühstück und nach dem Frühstück auch noch. Und das, obwohl auf der gestrigen Wetterkarte viel Sonne zu sehen gewesen war.

»Zu Hause regnet's billiger!«, murmelte Steffi und stierte missmutig in den grauen Himmel, doch Señor Alfonso,

Herr über Bar und Rezeption, wusste Rat. »Sie fahren an Ostküste, sehr schön zu sehen und Wetter anders als hier. Viel Sonne, viele reife Fruchte, viele Mühlen, welche alle noch müllen, und sehr schöne Buchte für schwimmen.«

Aber doch wohl nicht um diese Jahreszeit?!

Er hatte recht gehabt. Je weiter wir nach Osten kamen, desto heller wurde der Himmel, gleich hinter Palma brachen die ersten Sonnenstrahlen durch und beleuchteten die Kathedrale. Sie war immer noch geschlossen, wurde schon wieder von Touristen belagert, die der Reihe nach an alle Türen hämmerten – von der Uferstraße aus kann man nämlich raufgucken –, und als nach einer Stunde die erste Orangenplantage zu sehen war, bildeten die reifen Früchte einen weithin leuchtenden Kontrast zum blauen Himmel.

Ein bestimmtes Ziel hatten wir nicht, also immer weiter auf der Straße, vorbei an Windmühlen – Don Quichotte lässt grüßen – und an einsamen Fincas inmitten von Zitronenbäumen, an Ziehbrunnen und an Pferdekoppeln; gelegentlich kreuzten Esel unseren Weg, mal mit Reiter, mal mit drei Esszimmerstühlen auf dem Rücken, was so gar nicht in die Landschaft passte, dann gabelte sich die Straße. Wir knobelten, ob nach links oder rechts abbiegen, ich hatte gewonnen, also weiter nach rechts, da war aber auch kein Meer, und allmählich bezweifelte ich, ob es auf dieser Seite überhaupt eins gab.

»Auf einer Insel kommt man immer irgendwann ans Meer«, rekapitulierte Stefanie Übriggebliebenes aus dem Erdkundeunterricht, »man sollte nur wissen, in welcher Richtung!«

»Und weißt du es?«

»Nein!«

Wir fanden es aber doch, parkten das Auto auf einem Stückchen Wiese, legten uns ins Gras und blinzelten in die Sonne.

»Zu Hause schneit's bestimmt«, murmelte Stefanie, »und wenn ich daran denke, dass wir morgen schon zurückmüssen …«

»Dann denk doch nicht dran!« Dabei fand ich die Vorstellung, ab morgen wieder in Daunenjacke und diesen uneleganten klobigen Winterstiefeln durch Schneematsch staken zu müssen, alles andere als aufbauend. »Wir sind nun mal im falschen Teil unseres Globus' geboren worden.«

»Da muss man ja nicht bleiben!!«

Plötzlich hupte es über unseren Köpfen, und als wir erschreckt aufsprangen, wurden wir mit einem Schwall spanischer Sätze überschüttet, von denen ich nur einzelne Worte verstand, *carro* und *pradera*, alles andere blieb rätselhaft.

Aber während ich noch grübelte, ob der gute Mann uns etwas verkaufen wollte, und wenn ja, was überhaupt, er hatte ja gar nichts dabei, nickte Stefanie, stand auf, stieg ins Auto und setzte es gaaanz langsam und vorsichtig zurück auf die Straße. »Perdone, perdone!«

Das heißt Entschuldigung, so viel wusste ich, aber wofür um alles in der Welt, wir hatten doch gar nichts getan?

Der spanische Señor schien zufrieden, redete auf Stefanie ein, die immer wieder zustimmend nickte, dann stieg er endlich in seinen Wagen und fuhr ab.

»Was war denn das? Hast du den etwa verstanden?«

»Nee, kein Wort«, gab sie zu, »der wollte bloß, dass ich aus der Wiese raus fahre, aber warum, weiß ich nicht! Vielleicht weidet er hier seine Schafe, wenn er welche hat, oder er hat seine Schwiegermutter irgendwo vergraben …«

»Ist ja auch egal! Aber wenn wir schon stehen, dann können wir diese ungastliche Stätte auch verlassen und in die Zivilisation zurückkehren.«

Die Zivilisation bestand aus einem kleinen *restaurante* mit nur drei Tischen direkt am Wasser, wo uns eine Fisch-Paella vorgesetzt wurde, von der wir gelegentlich noch heute schwärmen.

Pünktlich zum Abendessen waren wir zurück in unserem Drei-Palmen-Hotel, hatten allerdings die heutige Cocktailstunde verpasst und würden auch am späteren Bridge-Turnier nicht teilnehmen können. »Ich war der Meinung, das spielen bloß alte englische Ladys«, wunderte sich Stefanie, »in Deutschland dominieren doch Rommé und Canasta.«

»Seitdem wir alle in der EU sind, gibt es keine nationalen Extrawürste mehr, wir wollen sein ein einzig Volk von Brüdern …«

»Jetzt verwechselst du was!«, meinte sie lachend. »Was du da zitierst, ist der Rütli-Schwur, den hat ein Schweizer erfunden!«

»Irrtum! Das war Schiller! Und der ist Deutscher gewesen!«

»Meine Güte, sei doch nicht immer so pingelig«, sagte meine Tochter, lief die Treppe hinauf, drehte sich aber noch mal um. »Ist das der mit den Locken?«

Der letzte Tag begann mit Kofferpacken. Viel war es sowieso nicht, aber wir wollten gleich nach dem Frühstück fahren, noch ein bisschen durch Palma bummeln und vielleicht doch noch die Kathedrale von innen sehen.

Stefanie hatte schon bezweifelt, dass sie überhaupt ein Inneres hat. »Wenn sie renoviert würde oder repariert oder neu bestuhlt – dann stünde das ja wohl draußen dran, aber die können doch nicht einfach den Schlüssel rumdrehen und die bildungsbeflissenen Touris vor der Tür stehen lassen.«

»Du siehst doch, dass sie's können! Es sind ja auch bloß deutsche Touristen, die ein halbes Dutzend Mal drum herum rennen und an jede Tür klopfen, alle anderen schütteln bloß die Köpfe und ziehen wieder ab.«

»Dann hole ich mir wenigstens ein paar Ansichtskarten von der Kathedrale!«

Das tat sie auch, die kleben jetzt im Album neben Aufnahmen vom leeren Ballermann, vom vollen Speisesaal im Hotel und von Eli, wie sie mit angehobenem Rock die Laufmasche in ihrer Strumpfhose betrachtet – ein gut gelungener Schnappschuss von der Hoteltreppe aus.

Gepäck verladen, Rechnung bezahlen, Trinkgelder verteilen, danke schön sagen, ein Wiederkommen zusichern (war im Wörterbuch nicht enthalten, *coming back* wurde aber auch verstanden) und schließlich mit Winke-Winke aus dem Schiebedach um die Ecke biegen zur *autopista* nach Palma.

Die Geschäfte kannten wir inzwischen, die Auslagen in den Schaufenstern waren noch dieselben, die Kathedrale hatte immer noch zu … also schlenderten wir auf der Uferpromenade entlang und bestaunten Yachten, die man sonst nur in Zeitschriften sieht, wenn das Formel-1-Rennen in Monaco stattfindet oder eine Hollywoodgröße zum vierten Mal heiratet, zur Abwechslung mal auf dem Meer.

Nun ähneln sich die Yachten ja doch irgendwie, jedenfalls von außen, und wie's drinnen aussieht, kriegt man natürlich nicht mit; außerdem fehlten die dekorativen Blondinen auf dem Achterdeck, Mallorca ist nun mal nicht Kalifornien ... also drehten wir um, holten das Auto aus der Tiefgarage und fädelten uns ein in den Verkehr Richtung *aeropuerto*.

»Sind wir eigentlich ehrliche Menschen?«, wollte Stefanie wissen, nachdem wir den Wagen geparkt, unser Gepäck aufgegeben hatten und nun noch die restlichen Formalitäten erledigen wollten.

»Na ja, wenn U-Bahn-Fahren ohne Ticket und ein paar geklaute Äpfel vom Baum als lässliche Sünden zählen, dann bezeichne ich mich als ehrlich. Du etwa nicht?«

»Doch. Aber wie isses mit den Knöllchen, die wir uns eingehandelt haben? Soll ich die jetzt angeben?«

Daran hatte ich nun wirklich nicht mehr gedacht. »Also, wenn ich die paar Euro für die Strafzettel in Relation setze zu vier Tagen Leihgebühr für unser Auto, dann finde ich, dass man Ehrlichkeit auch manchmal übertreiben kann!«

Stefanie beichtete trotzdem und rief ein ungläubiges Staunen hervor. »Sie sind die Erste! Hier hat noch nie jemand einen Wagen zurückgebracht und zugegeben, dass er als Falschparker aufgefallen ist.« Der junge Mann fing an zu lachen. »Die Kennzeichen unserer Leihwagen haben fortlaufende Nummern, die sind bei der Polizei bekannt, und mit der gibt es so eine Art Abkommen; wir kriegen zwar die Strafzettel zugeschickt ...« Den Rest des Satzes verschluckte er. Und nachdem ein Anrufer aus der Tiefgarage offenbar bestätigt hatte, dass wir den Wagen ohne sichtbare Schäden und mit kompletter Ausstattung zurückgegeben haben, durften wir gehen.

Dreieinhalb Stunden später waren wir in Frankfurt, wegen Rückenwind 20 Minuten zu früh, deshalb war Hannes auch noch nicht da, doch als er endlich kam, winkte er schon von weitem mit zwei großen Blumensträußen.

»Guck mal«, sagte Steffi ganz gerührt, »er scheint mich ja doch vermisst zu haben! Dabei waren es doch bloß vier Tage.«

Wir bekamen je einen Strauß in die Hand gedrückt, Hannes nahm die Koffer und scheuchte uns zum Ausgang. »Beeilt euch ein bisschen, wir sind sowieso zu spät dran!«

»Zu spät wofür?«

»Für die Geburtstagsparty! Trudchen ist heute sechsundsiebzig geworden!«

»Schei…!«, rief Steffi. »Das habe ich total vergessen!«

Trudchen ist Hannes' Mutter beziehungsweise Steffis Schwiegermutter, wohnt »von meinen Kindern« nur fünf Minuten Fußweg entfernt, was entschieden zu wenig ist, und würde dank ganz genauer Buchführung niemals den Geburtstag eines Menschen ignorieren, den sie aus welchen Gründen auch immer in ihrer Liste verewigt hat. Umgekehrt erwartet sie allerdings das Gleiche.

»Dann sind die Blumen gar nicht für uns?«, japste Steffi, als wir nach einer Aufholjagd quer durch die Ankunftshalle, immer drei Meter hinter Hannes her, endlich den Wagen erreicht hatten.

»Natürlich nicht!« Er schob uns ins Auto. »Oder wollt ihr Trudchen etwa ohne was in der Hand gratulieren???«

Benefiz wasnochmal?

»Kommst du mit zu Ralfis Premiere? Ist nämlich eine Benefizveranstaltung!«, wollte Stefanie am Schluss des Telefongesprächs noch wissen, nachdem sie ihren täglichen Lagebericht abgespult hatte. Demnach waren von zwei sehr jugendlichen Kunden mehrere Packungen mit künstlichen Schneeflocken nicht nur aufgerissen, sondern auch erfolgreich über Gänge und Regale verteilt worden, was leider erst eine halbe Stunde später entdeckt worden war; sie hatte die Müllabfuhr verpasst und gestern Abend zwar noch die Spülmaschine eingeschaltet, aber das Reinigungstab vergessen. »Jetzt hat sich der Dreck wenigstens gleichmäßig übers Geschirr verteilt, nu' läuft sie zum zweiten Mal! Und dann hat auch noch Anneliese abgesagt wegen Hexenschuss!«

Die Rede ist von meiner ältesten Tochter Stefanie und jener Firma in Heidelberg, die inzwischen den meisten Lesern meiner Bücher ein Begriff sein dürfte. Man bekommt dort nahezu alles, was an Floristik und Dekorationsmaterial auf dem Markt ist, nur ist es künstlich. Die Rosen duften nicht, dafür können die Dornen auch nicht stechen, die Tulpen werden trotz Zwiebel unten dran keinen Zentimeter größer, und wenn man die Forsythienzweige nicht erst im August aus der Bodenvase im Wohnzimmer entfernt, wird kaum jemand vermuten, dass sie unecht sind. Da Steffi und Ehemann Hannes nebst zwei weiteren Mitarbeitern den größten Teil des Tages in eben jener Firma verbringen, gibt es neben Büro und Aufenthaltsraum auch eine komplett eingerichtete Küche. Einschließlich Spülmaschine.

Ach ja, fehlt noch Anneliese! Ich habe ja schon öfter gehört, dass es Frauen geben soll, die leidenschaftlich gern Fenster putzen oder Besteck polieren, aber Anneliese reicht das nicht, sie ist erst zufrieden, wenn das ganze Haus blitzt und blinkt. Und weil ihr das eigene offenbar noch nicht genügt, tobt sie sich einmal in der Woche in dem von Stefanie und Hannes aus. Nur heute nicht wegen Hexenschuss. Im Übrigen gehört sie zum Freundeskreis genau wie Ralfi, der natürlich Ralf heißt, ungefähr 1 Meter 85 groß und mit Cordy verheiratet ist. In der Geburtsurkunde steht Cordula, aber seitdem man simst und mailt, ist es ja unüblich, normale Sätze zu bilden und Wörter auszuschreiben, das färbt natürlich auch auf die verbale Kommunikation ab.

Beruflich hat Ralf was mit Computern zu tun und Cordy mit Versicherungen. Oder umgekehrt, was aber für diese Geschichte völlig egal ist, denn es war ja nur Ralf, der plötzlich seine Liebe zum Theater entdeckt und sich einer gerade erst gegründeten Laienspielgruppe angeschlossen hatte. Es wurde ein passendes Stück gesucht, Kulissen wurden gebaut und Kostüme genäht, ab Oktober erschien Ralf nicht mehr zum wöchentlichen Sauna-Abend, er musste ja seinen Text lernen und immer wieder zur Standprobe … und als sich dann endlich der Vorhang zum Beginn der ersten Vorstellung hob, war Cordy ein Nervenbündel und

Ralf die Ruhe selbst. Seine Anhänger waren in ausreichender Menge erschienen; wir würden schon für Szenenapplaus sorgen, das hatten wir fest zugesichert.

Allerdings war es nicht dazu gekommen, denn Ralf hatte in drei Auftritten nur ein paar ähnlich bedeutungsvolle Sätze zu sagen gehabt wie das bekannte »Herr Graf, die Pferde sind gesattelt ...«. Beim letzten Mal hatte er nur noch dümmlich lächeln müssen ... ein neuer Gustaf Gründgens schien also nicht entdeckt worden zu sein.

Die nachfolgenden fünf Vorstellungen seien aber jedes Mal ausverkauft gewesen. Hat Ralf gesagt!

Nun war es also mal wieder so weit. Neues Spiel, neue Rollen und für Ralf diesmal sogar ganz viel Text. »Was biste denn?«, wollte ich wissen, als er mich telefonisch zur Premiere einlud. »Darfst du schon die Heldin küssen?« Dieses Privileg ist meistens dem Hauptdarsteller vorbehalten, und so weit nach oben würde es Ralf wohl doch noch nicht geschafft haben.

»Ich spiele einen Rechtsanwalt«, erfuhr ich, »und als promoviertem Akademiker steht mir natürlich ein Kuss zu.«

»Von der Hauptdarstellerin?«

»Nein, von ihrer Freundin. Aber die ist sowieso viel hübscher.«

Das sollte er lieber nicht so laut sagen! Cordy wird nämlich sehr schnell eifersüchtig!

»Fährst du zu Stefanie, oder weshalb steht dein Luftschutzkoffer wieder im Flur?«, wollte Anne wissen, die drei Häuser neben uns wohnt und Puderzucker brauchte. Zwar hatte sie selber welchen, aber der war schon seit 41 Tagen abgelaufen, und man soll ja vorsichtig sein mit angebrochenen Packungen.

Die Bezeichnung »Luftschutzkoffer« für meine Reisetasche stammt von Annes Mutter, die sich auch noch an den Krieg und die damit verbundenen Luftangriffe erinnern kann. Diese Handkoffer enthielten nämlich die wichtigsten Papiere, manchmal Fotos, dann natürlich etwas Wäsche, lange Hosen, Pullover und, so vorhanden, den Familienschmuck. Meist standen sie griffbereit neben der Wohnungstür, und in unserem Haus ist es sogar mal vorgekommen, dass Frau Schwarz zwar mit Köfferchen und gerade frisch aufgebrühtem Tee in den Luftschutzkeller stürmte, ihre vier Monate alte Tochter aber in der Wohnung vergessen hatte. »Sonst schreit sie den halben Tag, aber wenn's drauf ankommt, schläft sie!«

Meine Reisetasche hat nun wirklich keine Ähnlichkeit mit jenen besseren Pappkartons, die man damals unter der Bezeichnung »Textilbehälter« oder so ähnlich kaufen konnte, aber auch sie steht immer mit dem Nötigsten gepackt parat. Nein, der Familienschmuck ist natürlich nicht drin, ich habe gar keinen, aber Wäsche zum Wechseln, ein Paar bequeme Schuhe, das von Steffi entliehene Buch, endlich ausgelesen, und bei Abruf kommen noch Hosen und was für oben rum in die Tasche, Kulturbeutel drauf, Reißverschluss zu und fertig. Papiere sind in der Handtasche, Schlafanzug und Bademantel haben seit jeher Bleiberecht in Heidelberg, werden ja auch gelegentlich mitgewaschen … wenn's also sein muss, bin ich in zehn Minuten startbereit. Notrufe von Stefanie haben meist die höchste

Dringlichkeitsstufe, die von ihren Geschwistern kommen wesentlich seltener und meist mit einer akzeptablen Karenzzeit.

Anne zog also mit ihrem Puderzucker ab und ich mit meinem Köfferchen. »Wo brennt's diesmal?«, wollte sie noch wissen.

»Überhaupt nicht, wir gehen heute Abend ins Theater!«

»Dann wünsche ich viel Spaß. Was wird denn gespielt?«

»Weiß ich nicht, irgendwas zum Lachen soll's sein.«

Keine Ahnung, was sich Anne bei diesen präzisen Angaben gedacht hat, zumal man ja wenigstens den Titel des Stücks wissen sollte und vielleicht noch den geistigen Vater, Goethe kennt jeder, Elmar Heisenbüttel kennt kein Mensch, aber ich wusste wirklich nicht, wie der Autor dieser Komödie heißt. Oder geheißen hat, vielleicht lebt er ja gar nicht mehr, Ralf hatte gesagt, die Handlung spiele in den dreißiger Jahren des vorigen Jahrhunderts, und das ist nun wirklich schon eine Weile her.

Wenn man vor siebzehn Uhr Stefanie oder Hannes sehen oder auch nur mit ihnen telefonieren will, muss man sich in der Firma melden; zwischen siebzehn und achtzehn Uhr geht's nur per Handy, weil Hannes mit Charly im Wald ist und Stefanie im Supermarkt. Es gibt allerdings derer vier im Umkreis, deshalb ist es zwecklos, hinterher zu fahren, sie ist sowieso in einem der drei anderen. Es empfiehlt sich also, nicht zu spät zu kommen, jedoch auch keinesfalls zu früh, sonst wird man unweigerlich zu irgendeiner Arbeit eingeteilt. »Kannst du mal eben …«

Und dann steht man ein paar Minuten später mit dem

Auszeichner in der Hand vor einem Karton mit hundertzwanzig Engelchen und klebt jedem Einzelnen ein Preisschild auf den Hint… auf die Harfe, sieht einfach besser aus.

»Hannes kommt nachher nicht mit!«, informierte mich Steffi. »Wir müssen bloß noch eine glaubhafte Ausrede finden, dass er von der Leiter gefallen ist und die Rippe geprellt hat oder so was Ähnliches, jedenfalls muss es was sein, wobei man nicht lange sitzen kann.«

»Und was ist der eigentliche Grund für seine Verweigerung?«

»Er will Handball gucken! Fußball ist out! Seitdem seine 1860er in die zweite Liga abgestiegen sind, hat er sich umorientiert. Ich glaube, er sucht noch nach einem Verein, dessen Fahne farblich genau so gut in seinen Keller passt wie die von den Münchnern.«

Das muss man nicht verstehen, ich tu's ja auch nicht! Männer brauchen nun mal ihren Freiraum, und wurden früher die Kellerräume zur Lagerung von Briketts, Winterkartoffeln und der Früchte des Gartens benutzt, teilweise in Gläsern konserviert, so dient der Keller heute zur Aufbewahrung von Dingen, die kein Mensch mehr braucht, die aber zum Wegwerfen zu schade sind. Sie liegen und stehen jahrelang da unten herum, werden gelegentlich umgelagert, weil sie Zuwachs kriegen, und erst dann, wenn sich die Kellertür nur noch halb öffnen lässt, bestellt man endlich die Sperrmüllabfuhr.

Eigenheimbesitzer haben jedoch meist mehrere Keller, deshalb wird einer davon schon auf dem Bauplan vom künftigen Herrn des Hauses requiriert, kriegt ein größeres

Fenster sowie eine entsprechende Isolierung, und wenn nach dem Einzug zwar überall noch die nackten Glühbirnen an den Decken hängen und das Bücherregal – in Einzelteile zerlegt – tagelang immer wieder zum Drübersteigen zwingt, so kann man sicher sein, dass Papas Keller-Refugium bereits der gemütlichste Raum im Haus ist. Ich weiß, wovon ich rede!

Zurück zur Kultur: Das kleine Schwarze war diesmal nicht erforderlich, der Gemeindesaal gestattet eine weniger aufwendige Garderobe, Hose mit Bügelfalte und Pulli mit ein bisschen Glitzer dran genügen.

»Wir müssen Cordy noch abholen«, informierte mich Stefanie, als wir endlich im Wagen saßen, »und da verfranse ich mich im Dunklen fast jedes Mal! Vorige Woche wäre ich um ein Haar im Ackersalat gestrandet.«

Ralf und Cordy wohnen zwar sehr hübsch und sehr ruhig, allerdings auch sehr auswärts inmitten von riesigen Treibhäusern, die ihrerseits wieder am Rand von ausgedehnten Gemüsefeldern stehen. Die Zufahrt besteht aus etwas breiteren Trampelpfaden, Straßenlaternen gibt es nicht, und Besucher, die zum ersten Mal hinfahren, treten irgendwann entnervt auf die Bremse und holen das Handy heraus. Auch in diesem Fall weiß ich, wovon ich rede!

Cordy erwartete uns schon, lotste Stefanie auf kürzestem Weg zurück in die Zivilisation und hin zum Stadthaus; wir fanden sogar noch einen Platz in der Tiefgarage, und zwar dort, wo laut fest installiertem Schild normalerweise die Patienten von Herrn Dr. med. Peter Putzig parken dürfen.

»Der ist doch um diese Zeit längst zu Hause«, sagte Steffi und kurvte in die Lücke, »also kommt auch kein Patient mehr!«

»Und wenn doch?«

»Dann wird's teuer!«

Der sehr große Gemeindesaal liegt ganz oben im zweiten Stock, Garderobe und Toiletten findet man eine Treppe tiefer, es gibt eine Küche, eine Bar und eine Wandelhalle mit kleinen Stehtischen und Aschenbecher drauf für die Raucher. Werden auch immer seltener – nicht die Raucher, sondern Aschenbecher.

Seitwärts aufgebaut und bewacht von zwei stämmigen Frauen lagen und standen jene Dinge, die man bei der Tombola gewinnen konnte. Es handelte sich ausnahmslos um Spenden, und die wiederum waren nicht immer ganz neu. Da gab es zum Beispiel zwei handgearbeitete Zierdecken, die sehr gut auf ein Chippendale-Schränkchen passen würden, jedoch weniger gut zur Aneboda-Kommode von IKEA. Wer wohnt denn heute noch zwischen Möbeln aus dem 18. Jahrhundert? Kann sich doch niemand mehr leisten!

Bücher gab es natürlich auch, besonders solche, die man vor zehn Jahren mal gelesen und ins Regal gestellt hatte und die nun zugunsten aktuellerer Autoren den Platz räumen mussten.

Zu berücksichtigen war allerdings, dass sämtliche Einnahmen dieses Abends einem karitativen Zweck zugeführt werden sollten, deshalb griffen wir auch bereitwillig in den hingehaltenen Buddeleimer und zogen Lose, je drei Stück für einen Euro. Zum Ausspähen unserer Gewinne – ich hatte immerhin zwei Treffer, Stefanie und Cordy je einen – kamen wir nicht mehr, es bimmelte nämlich, und wenn's bimmelt, muss man seinen Platz einnehmen, das ist schon in der Schule so gewesen.

Normalerweise sitzt man im Theater in langen Reihen nebeneinander und guckt nach vorne zur Bühne. Hier guckten wir zur Seite, die Stühle standen nämlich längs zur Bühne, davor aneinander gereihte Tische, dann wieder Stühle ... Besucher von Karnevalssitzungen wissen, was ich meine.

Dieses ganze Arrangement diente natürlich einem nachvollziehbaren Zweck: dem Umsatz von Getränken. Und von Bockwurst, Fischbrötchen und Käsesemmel, auf Wunsch auch mal mit Ei, da war die Küche sehr flexibel. Die Getränkekarte war etwas umfangreicher, es gab sogar drei verschiedene Sorten Mineralwasser, Zugeständnis an jene Besucher, die keine öffentlichen Verkehrsmittel benutzen konnten. Stefanie trank farblos, und da Cordy roten Wein wollte und ich weißen, einigten wir uns auf Rosé, und der war richtig gut!

Als Angehörige von wem auch immer hatten wir reservierte Plätze ganz vorne, da sieht man natürlich alles, auch den viel zu modernen Hosengürtel zum altväterlichen Gehrock und vor allem die Schweißtropfen auf Ralfs Stirn. Doch so weit war's ja noch gar nicht, erst kam nämlich der Kirchenchor, sehr zahlreich und offenbar in voller Besetzung wegen der zu erwartenden Ehrungen.

Die Damen und Herren, ausnahmslos mit Brille und die meisten von ihnen schon sehr gesetzten Alters, taten das, wozu sie gekommen waren, sie sangen, und das sogar erstaunlich gut! Es waren auch keine Choräle, sondern Volkslieder und als Abschluss »My heart will go on« … Auf'm Neckar wäre die Titanic bestimmt nicht untergegangen.

Nach dem Gesang wurde geehrt. Die zierliche Dame im Jackenkleid war seit 60 Jahren dabei, die neben ihr auch schon seit einem halben Jahrhundert, dann kamen noch zwei Sängerinnen, die gerade mal läppische 25 Jahre geschafft hatten. Trotzdem: Ein Vierteljahrhundert jeden Sonntag Kirchenchor und dann auch noch die vielen Proben … Hut ab!

Nachdem Blumensträuße und Urkunden überreicht und die Jubilare für Tageszeitung und Gemeindeblättchen abgelichtet waren, gab es noch ein paar kurze Ansprachen, muss ja auch sein, aber dann ging der Vorhang endlich zu, die Lichter im Saal gingen wieder an, die Uhrzeiger standen bereits auf halb neun, und um diese Zeit ist im Theater meist schon der erste Akt vorbei.

»Ich habe einen Mordshunger!«, murmelte Steffi, und dass eine solche Äußerung sofortige Gegenmaßnahmen erfordert, weiß ich aus jahrzehntelanger Erfahrung; es blieb nur noch die Frage: »Knackwurst oder Fischbrötchen? Es gibt aber auch welche mit Käse!«

»Von allem eins! Ich guck mir inzwischen mal unsere Preise an!«

Der Stand war umlagert von jenen, die sich ihre Gewinne schon jetzt aushändigen ließen, und schließlich kapitulierte Steffi. In einer Hand die Wurst, in der anderen das Käsebrötchen, meinte sie kauend: »Wasch nachher übrisch bleibt, isch unschersch!«

Dann läutete es wieder, Cordy drückte artig ihre gerade erst angerauchte Zigarette aus, Steffi schluckte den letzten Wurstzipfel hinunter, ich steckte die Lose in meine Tasche, und dann strömten wir zurück in den Saal.

Das Stück war amüsant, die Mitwirkenden hatten sich im Vergleich zum letzten Jahr frei gespielt, oft konnte man sogar vergessen, dass da oben keine »gelernten« Schauspieler agierten, sondern Handwerker, Bürokräfte, ein Lehrer und natürlich Ralfi, der regelrecht in seiner Rolle aufging. Konnte ich verstehen, seine Partnerin war wirklich eine ganz Hübsche, und zum Schluss durfte er sie tatsächlich küssen. Sogar zweimal. Ging allerdings zu schnell und sah auch nicht so richtig leidenschaftlich aus – bestimmt wegen Cordy!

Beifall, Verneigung, Vorhang zu, Vorhang auf, mindestens ein halbes Dutzend Mal, die ersten Besucher gingen bereits, andere blieben sitzen und orderten neue Getränke, der Abend war ja noch nicht zu Ende.

»Jetzt will ich endlich sehen, was wir gewonnen haben, gib mal die Lose her!« Stefanie trabte ab.

»Aber nicht schummeln!«, rief ich noch hinterher. »Ich habe Nummer 26 und 104.« Cordy steuerte den letzten freien Stehtisch an, ich holte noch mal was zu trinken, an der Garderobe herrschte ohnehin zu viel Andrang, und gemeinsam verfolgten wir, wie die Dame am Nebentischchen etwas ratlos ihren Gewinn betrachtete. Es war irgendwas Gehäkeltes in Untertassengröße; aus der Entfernung sah es aus wie die verhunzte Handarbeit einer Schülerin, die ähnlich begabt sein musste wie seinerzeit Stefanie, und aus der Nähe sah es leider genauso aus.

»Wissen Sie vielleicht, was das sein könnte?« Die sichtbar ratlose Gewinnerin reichte uns das Teil herüber.

»Meine Tante hat mal künstliche Blüten für ein Sofakissen gehäkelt«, sagte Cordy, die von Handarbeiten genauso viel beziehungsweise so wenig versteht wie ich, »die waren aber viel kleiner und irgendwie auch anders.«

»Wenn's zwei wären, würde ich auf Topflappen tippen«, schlug ich vor, »aber dann müssten sie doch glatt sein und nicht so zusammen gezogen, damit kann man ja gar nicht richtig zugreifen oder festhalten.«

»Es *sind* zwei!«, sagte die Dame.

»Pack sie wieder ein, Gerti«, empfahl ihr Mann und wickelte schon mal selber das Weihnachtspapier drum herum. »Heb sie auf für die nächste Tombola, da wirst du sie wieder los. Spätestens beim Sommerfest vom Turnverein.«

Schon von weitem schwenkte Stefanie mit der linken Hand ein Buch über ihrem Kopf, während sie mit der rechten zwei Päckchen festhielt. »Das Buch ist für dich beziehungsweise für Timmi, der hat doch jetzt genau das richtige Alter.«

Tim ist mein Enkel, neun Jahre alt, ein pfiffiges Kerlchen und offensichtlich mathematisch begabt. *Wissen für Kinder* stand auf dem Buchdeckel, und darunter *Forschung und Technik*. »Das kriegt er für seine nächste Mathe-Eins, was anderes schreibt der doch nie!«

»Oller Streber!«, sagte Cordy.

Ich protestierte. »Stimmt überhaupt nicht! Früher nannte man das Vererbung, heute sind's die Gene, klingt ja auch fortschrittlicher; weil aber in unserer Familie mangels genetischer Unterstützung kaum jemand mehr als die vier Grundrechenarten beherrscht, muss Tim sein Zahlenverständnis logischerweise von Papa Dippel-Insch mitgekriegt haben. Hat er eben Glück gehabt! Was ist denn in dem runden Päckchen?«

»Das ist auch deins!«

Als ich es ausgewickelt hatte, standen vor mir drei ineinander gesteckte und mit Zellophan umhüllte Kaffeetassen samt Tellerchen, verziert mit den Namen bekannter Tageszeitungen. Der Preis klebte noch dran: 4 Euro 20 hatte dieses entzückende Ensemble mal gekostet. »Was soll ich denn damit?«

Bei uns trinkt nämlich kaum noch jemand aus Tassen, wir haben Becher, da geht mehr rein, und als bekennender Uli-Stein-Fan habe ich im Laufe der Jahre wohl so ziemlich alle Motive zusammengetragen, die man kaufen konnte.

Cordy wollte meine Tassen nicht haben, sie hat selber genug, und bei Steffi gibt es auch nur Becher. Wenn ich daran denke, was ihr Service damals gekostet hatte ... war ein Hochzeitsgeschenk gewesen. Sie hatte es sogar ein paar Mal benutzt, aber nun staubt es vor sich hin und wird höchstens zweimal im Jahr heraus genommen, wenn Anneliese die Schränke auswischt. In einem solchen stehen die drei Tassen jetzt auch bei mir, allerdings im Keller neben den Bleikristallvasen (geerbt), dem tomatenroten Kaffeeservice aus der königlich-preußischen Porzellanmanufaktur (auch geerbt) und dem ganzen anderen Kram, den man zwar nie benutzt und nur aus Pietät noch nicht entsorgt hat.

Steffi hatte mehr Glück gehabt. In ihrem mit Goldsternchen verzierten Briefumschlag steckte der Gutschein eines Obst- und Gemüsehändlers, bei dem sie für zehn Euro kostenlos einkaufen durfte. Allerdings in Dossenheim!

Cordy wickelte noch aus. Nach der vierten Lage Geschenkpapier war endlich der Gewinn zu sehen: eine hautfarbene, leicht zu Rosa tendierende Feinstrumpfhose Größe 48! Sie sah ja auch ziemlich ratlos aus (nicht die Hose, sondern Cordy). »Was soll ich denn damit?«

Eine berechtigte Frage, wenn man Konfektionsgröße 40 hat.

Plötzlich ein Aufschrei jener Dame am Nebentisch: »Die hatte ich doch vor zwei Jahren schon gehabt! Kann ich sie mal sehen?«

Bereitwillig reichte Cordy das corpus delicti weiter.

»Ja, das ist dieselbe! Da war nämlich die Verpackung ein kleines bisschen eingerissen, die Stelle habe ich mit Eiweiß zugeklebt – fällt so gut wie gar nicht auf. Sehen Sie, genau hier ist es!«

Cordy bestätigte den sichtbaren Beweis der seinerzeit gelungenen Reparatur.

»Jetzt würde ich nur zu gern wissen, wer die Strumpfhose im vergangenen Jahr bekommen hat«, sagte Gerti, »könnte Else Kurnatz gewesen sein, die hat immer so langweiliges Einwickelpapier …«

»Und was soll ich jetzt mit dem Teil?« Ratlos betrachtete Cordy die Zellophantüte mit seinem farblich doch recht gewöhnungsbedürftigen und absolut blickdichten Inhalt. »Ich kenne niemanden mit Größe 48!«

»Dann geben Sie sie mir!«, sagte Gerti. »Nächstes Jahr ist wieder Tombola!«

Abschließend bliebe noch zu bemerken, dass jenes für Tim vorgesehene Buch auf dem Kinder-Flohmarkt gelandet ist, denn es war bereits 1987 erschienen und nicht mehr so ganz auf dem neuesten Stand der Technik. Stefanie hatte mich vorsichtshalber gewarnt: »Wenn du das Tim in die Hand gibst, dann fragt er dich garantiert, was denn um alles in der Welt ein Diskettenlaufwerk ist …«

»Muss das denn sein?«

Jener Dialog liegt schon etliche Jahre zurück, aber er könnte sich immer wieder und zu jeder Jahreszeit so oder ähnlich anhören, und das in vermutlich jeder fünften Familie.

Ich: »Noch länger rausschieben geht nicht! Morgen ist letzter Termin!«

Rolf: »Warum? Ich sehe das überhaupt nicht ein!«

Ich: »Das hast du im vergangenen Jahr vor der Konfirmation von Patricia nicht eingesehen, nicht vor der Hochzeit von Olli und Ecki, auf dem 40-jährigen Dienstjubiläumsbesäufnis von Herrn Weisbrodt warst du der Einzige in Hellgrau, aber zu dieser hochoffiziellen Weihnachtsfeier mit dem Zweiten Bürgermeister, und ich weiß nicht, wer sich noch die Ehre geben wird, gehst du auf keinen Fall mehr in dieser Antiquität! In welchem Jahrzehnt hatte man eigentlich Hosen mit Schlag getragen?«

Rolf: »Solche Qualität wie diesen Anzug kriegt man gar nicht mehr.«

Ich: »Dann lass ihn hängen, bis breite Revers und Knöpfe von Teesiebgröße wieder modern werden. Vielleicht kann Sven später noch mal was damit anfangen!« (Sven ist der Älteste unserer fünf Nachkommen und als Einziger noch nicht verheiratet.)

Die Rede ist, wie unschwer zu erraten, von jenem den meisten Männern verhassten *dunklen Anzug*, den man selten braucht und der deshalb im Kleiderschrank fast immer ganz hinten links hängt. Und weil dieser Anzug – nomen est omen – sein Dasein größtenteils im Dunkeln fristet, kann er sich auch nicht kontinuierlich der Figur seines Besitzers anpassen, das heißt: Er wächst nicht mit! Jedenfalls nicht dort, wo es angebracht wäre – nämlich in der Breite. Natürlich kann man etwas später, aber noch vor dem Smalltalk mit Sektglas in der einen Hand und Papierserviette nebst Schnittchen in der anderen, schon mal einen Knopf öffnen, doch erst mal muss man durchhalten, notfalls mit eingezogenem Bauch.

Genau vor diesem Problem stand mein Ehemann, der für irgendein Event ein paar Plakate entworfen hatte und nun auf die Einladungsliste zur Weihnachtsfeier geraten war. Zwar hatte er sie ignorieren wollen, konnte sich jedoch meinem Argument nicht verschließen, dass die Eingeladenen bestimmt namentlich erfasst seien, vom Türsteher kontrolliert, abgehakt und bei unentschuldigtem Nichterscheinen von einer viel wichtigeren Liste gestrichen würden, nämlich von der aller freien Mitarbeiter.

Natürlich beinhaltete die Einladung auch mich, nur würde ich von heftigen Zahnschmerzen befallen werden und den Zahnarzt aufsuchen müssen. Die schon zu häufig vorgeschobenen Kopfschmerzen sind nämlich out, außerdem gibt es Tabletten, Zahnschmerzen sind jedoch glaubhaft, denn die hat jeder schon mal gehabt, und gegen Wurzelentzündung helfen sowieso keine Pillen, das weiß ich aus Erfahrung.

Kurz und gut, Rolf musste am kommenden Wochenende zu diesem vorweihnachtlichen Auftrieb, und wenn es ihn selber auch nicht gestört hätte, ein weiteres Mal sein Ist-doch-noch-so-gut-wie-neu-Modell anzuziehen, so blieb ich diesmal unerbittlich. »Ich will mich nicht dauernd deinetwegen blamieren müssen!«

»Ich denke, du kommst gar nicht mit?!«

»Ich nicht, aber Frau Ottenschläger ist da und bestimmt auch Frau Apo-Müller. Das genügt!«

(Ihr gehört nämlich die Brunnen-Apotheke, es gibt aber auch noch die Papi-Müllers vom Schreibwarengeschäft und die Fri-Müllers mit den beiden Coiffeur-Salons. Irgendwie muss man sie ja auseinanderhalten können, wenn sie mal wieder Gesprächsthema sind.)

Zum Besuch eines renommierten Herrenausstatters hatte ich Rolf schließlich überreden können, denn dort ist die Ware auf drei Stockwerke verteilt, und Verkäufer*innen* gibt es nur im Erdgeschoss bei Hemden und Pullover, denn da muss man nichts abstecken lassen zum Hosenkürzen oder Knöpfe versetzen. Ist ja immer irgendwie peinlich, wenn eine fremde Frau vor einem auf die Knie geht.

Nach oben führen mehrere Rolltreppen, nach unten auch, und die enden in unmittelbarer Nähe der beiden Fluchtwege, wenn nämlich *Mann* nach Anprobe der sechsten Hose noch immer nichts Passendes gefunden hat und in den Augen des Verkäufers Anzeichen eines drohenden Gewaltaktes vermutet. Während der Verkäufer die siebte Hose holt, steigt *Mann* in die eigene, fährt – zusätzlich abwärts steigend – die Rolltreppe hinunter und eilt durch die gegenüberliegende

Tür ins Freie. Zwei Straßen weiter gibt's C&A, da kann man seine Hosen selbst vom Ständer holen, und zum Herumzupfen und Glattziehen kommt auch niemand.

»Du weißt hoffentlich, dass ich vorher bei Wulf die Unterlagen für den neuen Prospekt abholen muss! Kann aber 'ne Weile dauern!«

Offensichtlich ein weiterer Versuch, mein Mitkommen zu verhindern. Die Firma Wulf stellt Metallenes für Autos her, wir haben die 40-Stunden-Woche, und heute ist Samstag! »Da ist doch niemand!?«

»Bis auf den Pförtner! Der hat Nachtschicht-Tarif.«

Eine halbe Stunde später kurvte Rolf auf den leeren Parkplatz, hielt direkt neben dem Eingang und stieg aus. »Auf'm Rücksitz liegt die Bild-Zeitung von vorgestern, falls es dir zu langweilig wird!«

»Seit wann kaufst du ...«

»Die habe ich nicht gekauft, da waren die Mohrrüben drin eingewickelt!« Er enteilte, kurzer Dialog mit dem Pförtner, Aushändigung eines Schlüsselbunds, dann war er verschwunden.

Fünf Minuten, zehn Minuten – Lektüre der Bild-Zeitung sehr informativ, Camilla turtelt immer noch mit Charles, jetzt ganz offiziell. »Mann beißt Dackel« klingt auch interessant, Einzelheiten sind jedoch nicht mehr nachzulesen, da die linke Ecke der Zeitung fehlt, ist wahrscheinlich an den Mohrrüben kleben geblieben.

Nun war schon eine Viertelstunde herum! So lange konnte es doch nicht dauern, ein paar Unterlagen zu holen!

Der Pförtner war nett und ließ mich rein. Die Büros liegen ganz oben, die Toiletten im zweiten Stock.

»Also, die Toiletten sind im zweiten Stock?«, lasse ich mir noch einmal bestätigen.

»Ja, links die Herren und rechts die Damen, aber passen Sie auf, da stehen lauter Farbeimer rum!«

Normalerweise kann ich rechts und links unterscheiden, und ich weiß auch jetzt noch nicht, weshalb ich damals nach links gegangen bin, obwohl dort noch mehr Farbeimer standen als auf der anderen Seite, aber als ich das »H« an der Tür sah, war's mir egal, außer Rolf war doch sowieso niemand im Haus. Also rein in die letzte Kabine und zugesperrt, war überflüssig, aber das macht man ja automatisch, doch als ich die Tür wenig später wieder entriegeln wollte, ging das nicht. Dieser normalerweise doch recht bewegliche Hebel ließ sich nicht mehr drehen, widerstand auch allen Hilfsmitteln, denn die Nagelfeile brach ab, und die Kreditkarte, hilfreich beim Schräubchen-Aufdrehen, nützte auch nichts. Sonst befand sich nichts mehr in meiner Handtasche, das man hätte zweckentfremden können. Der reguläre Weg nach draußen blieb also verschlossen, unter der Tür durch hätte es von uns Säugern (biologisch gesehen gehören wir dazu!) bestenfalls noch ein Zwergkaninchen geschafft, und oben drüber ging auch nicht. Mal abgesehen von mangelndem sportlichen Ehrgeiz (Boden- und Geräteturnen hatte ich immer gehasst!) wäre auch eine talentiertere Frau bei dem Versuch, mit einem Bein auf der Klobrille, dem anderen auf der Türklinke mit Schwung den oberen Rand der Tür zu ergreifen und sich daran hochzuziehen, an den architektonischen Gegebenheiten gescheitert; zwischen Tür und Toilette lagen knapp zwei Meter.

»Das haste nu davon«, tadelte ich mich selber, »wärste

nicht zu bequem gewesen, die paar Meter zurückzulaufen, dann würdeste jetzt auf der Damentoilette sein, und da stehen neben dem Klo immer diese niedlichen kleinen Eimerchen; 30 Zentimeter Höhe würden schon reichen!«

Der Gedanke, dass es dort keinen verklemmten Riegel gegeben hätte, kam mir erst gar nicht.

Natürlich würde mich Rolf irgendwann vermissen, und ebenso natürlich würde er den Pförtner fragen ... oder etwa nicht? Ich könnte ja, des Wartens überdrüssig, ein paar Schritte gegangen sein. Ein Industriegebiet bietet normalerweise wenig Sehenswertes, aber im Auto sitzen und auf eine Hauswand starren ist auch nicht abwechslungsreicher.

In amerikanischen Filmen erweisen sich in ähnlichen Situationen wie dieser die Fenster als hilfreich, was aber in erster Linie daran liegt, dass da immer eine Feuerleiter vorbei führt. Wenn die verrostet ist und folgerichtig aus der Wand bricht, hat das natürlich dramaturgische Gründe, soll in der Realität aber noch nie passiert sein. Würde mir momentan auch nichts nützen, das Fenster saß viel zu hoch, war viel zu klein und ließ sich außerdem nur kippen.

Rufen erschien mir sinnlos, es würde niemand hören, mein Gehämmer mit der Klobürste gegen die Tür hatte ja auch nichts genutzt – ich konnte nur hoffen, dass der Pförtner ... aber der würde mich, falls überhaupt, natürlich auf der Damentoilette suchen.

Jeweils fünf Bodenfliesen à 20 Quadratzentimeter (geschätzt) quer ergeben bei fünf Längsreihen mit jeweils zwölf Fliesen eine Quadratmeterzahl von ...

Während ich auf dem Klodeckel sitzend diese ungeheuer

schwierige Aufgabe zu lösen versuchte – meine Standard-Vier in Mathe hatte ich ja nicht umsonst gekriegt –, hörte ich endlich Türenklappern und Männerstimmen, von denen eine sehr vertraut klang: »Bist du ins Klo gefallen?«

»Nein, ich sitze drauf!«

»Noch immer nicht fertig?«

»Ich komme hier nicht mehr raus!«

»Also doch reingefallen?«

Die Stimme näherte sich, und dann endlich hatte Rolf die richtige Tür gefunden und rüttelte an der Klinke. »Die geht ja gar nicht auf!«

»Was glaubst du wohl, weshalb ich hier drinhocke, du Scherzkeks! Frag mal den Aufpasser da unten, ob es hier irgendwo eine Trittleiter gibt, notfalls geht auch ein Stuhl mit was drauf, also umgestülpter Eimer oder ein paar Steine, dann kann ich über die Tür klettern …«

Doch nun schien der Pförtner die Initiative zu ergreifen. Ich hörte nur ein Schieben und Scharren, dann ein »Fassen Se mal mit an! Leiter geht nicht, die is zu lang!«, und schon wurde ein Stuhl über die Tür gereicht, ein paar leere Farbeimer folgten und zuletzt ein dickes Seil. Dann die Stimme meines Herrn: »Jetzt stellst du einen Eimer auf den Stuhl, und aus den anderen baust du dir eine Treppe, damit du auch raufkommst. Vorher bindest du dir aber den Strick um den Bauch und wirfst das andere Ende rüber, dann haben wir dich wenigstens an der Leine, falls du abrutschst!«

»Ich stehe ja nicht auf dem Matterhorn!«

Ein paar Minuten später war alles vorbei. Ich befand mich wieder jenseits dieser vertrackten Tür, musste mir allerdings von Herrn Hüntgen sagen lassen, dass die Damentoiletten rechts sind, das habe er mir ja auch genau beschrieben, und wenn er das gewusst hätte, dann hätte er mir sofort gesagt, dass die letzte Tür klemmt, aber das liegt am Riegel, und die Männer wissen das alle, die wird auch gar nicht benutzt, das kommt nämlich alles in den Mängelbericht.

Bliebe abschließend noch zu bemerken, dass Rolf am selben Tag tatsächlich einen dunklen Anzug gefunden hatte – nachtblau heißt das jetzt –, der ihm nicht nur auf Anhieb gepasst, sondern sogar gefallen hatte. Aber auch der verbringt durchschnittlich 361 Tage vom Jahr im Kleiderschrank ganz hinten links.

Weihnachtsgeschenk für Opa

Olaf und Erika – im Freundeskreis Olli und Ecki genannt – sind ein Ehepaar in den besten Jahren, also irgendwo zwischen 30 und 40. Olli macht irgendwas, wozu er nicht nur einen Computer braucht, sondern auch einen Laptop für unterwegs, damit er die Zahlen immer parat hat. Ecki dagegen ist in erster Linie Ehefrau und Mutter der beiden Knaben Kevin und Carlo, die gerade in jenem Alter sind, wo sie zwar schon mit Messer und Gabel essen können, es aber ungern tun – also sechs und acht Jahre alt.

Opa und Oma gibt es auch noch, allerdings gut 150 Kilometer weit weg und nur insofern an dieser Geschichte beteiligt, als es bei ihnen gebrannt hatte. In der Küche. Weil nämlich niemand da gewesen war bei dem eingeschalteten Bügeleisen. Während Oma hinten im Garten die letzten Stangenbohnen erntete, war das Eisen vom Tisch gekippt und kokelte sich nun munter durch die hölzerne Eckbank. Allerdings waren die aus dem Fenster steigenden Rauchwölkchen dem vorbeilaufenden Briefträger nicht verborgen geblieben, und weil auf sein Klingeln niemand öffnete, trat er energisch mit dem Fuß gegen die Tür. In Kriminalfilmen geht die dann meistens auf, in der Realität aber nicht, also fing er an zu rufen, was nun endlich auch Oma hinten im Garten hörte.

Der Rest ist schnell erzählt. Zwar war die Küche inzwischen ziemlich vernebelt, aber was ein altgedienter deutscher Postbeamter ist, der greift sofort zu! Nämlich zu dem mit Wasser gefüllten Topf, praktischerweise gleich vor ihm auf dem Tisch stehend. Dass es sich dabei um halb fertiges Quittengelee gehandelt hatte, stellte sich erst hinterher heraus. Jedenfalls war der Brand gelöscht, das »Beinahe-Großfeuer bei s' Wiesingers« zwei Tage lang Dorfgespräch gewesen, und danach war Opa überzeugt: Ein Rauchmelder muss her! Aber wo kriegt man so etwas?

»Musst halt ins Internet schau'n!«, hatte der Hermann von der Freiwilligen Feuerwehr gesagt. »Da find'st alles!«

Opa hat aber kein Internet, nicht mal einen Computer, will von diesem neumodischen Kram auch nichts wissen, und nun kommt endlich Olli ins Spiel. Der ist aber nicht da, als Opa anruft, und Ecki hat die ganze Sache bis zum Abend wieder vergessen. Erst zwei Wochen später, als alle vier zu Omas Geburtstag angereist sind, erfährt Olli von dem Beinahe-Brand, doch an den Rauchmelder denkt er erst wieder, nachdem Kevin beim letzten Grillabend in diesem Jahr beinahe die Ligusterhecke im heimischen Garten abgefackelt hätte.

»Seine Feuersirene kriegt Opa zu Weihnachten!«, beschließt Olli, denn er denkt gerne praktisch, und seitdem sein Vater nicht mehr raucht wegen Herzinfarkt und so, kann man ihm ja keine Zigarren mehr schenken.

Nachdem es endlich das lange erwartete Weihnachtsgeld gegeben hat, geht Olli dorthin, wohin alle gehen, die was Technisches brauchen, lässt sich beraten und wählt schließlich einen Rauchmelder der mittleren Preisklasse. Ein neues

Handy nimmt er auch gleich mit, braucht er sowieso, sein altes ist viel zu unhandlich, und dann findet er sogar noch ein Mikrofon für Carlos Recorder, hat er ihm ja schon lange versprochen.

Erst kurz vor Ladenschluss verlässt Olli das Geschäft. Zu Hause ist er gegen halb acht, wo die Familie mit dem Abendessen auf ihn wartet. Alle drei sind sauer. Ecki, weil ihr Mann so spät kommt und der Gemüseauflauf im Backofen langsam vertrocknet, und die Jungs, weil Papa so früh kommt und sie die *Rosenheim-Cops* nicht zu Ende sehen können. Olli will übrigens keinen Gemüseauflauf, er hat ein bisschen Magenschmerzen, hätte gern einen Kamillentee, und ob Ecki wohl so lieb wäre …

Sie verschwindet in der Küche, während Olli seine Einkäufe auspackt.

»Was'n das?« Kevin greift zu dem Karton mit dem darin eingeschweißten Rauchmelder.

»Na, das Ding, was losjault, wenn's irgendwo in der Wohnung brennt«, informiert ihn sein Bruder, »gib mal her!«

Genau das will Kevin aber nicht, vielmehr bohrt er mit dem Messer an der Packung herum, rutscht ab und trifft sein vor ihm stehendes Glas. Prompt kippt es um, ergießt seinen Inhalt auf den flachen Teller mit den Teelichtern und löscht zwei. Die übrigen schaukeln in der Apfelschorle.

»Sonst stehen die hier nie!«, mosert Kevin und tupft mit einem nicht mehr ganz sauberen Taschentuch den Saft auf. Am meisten kriegt der Pulloverärmel ab.

»*Sonst* ist auch nicht Adventszeit!« Ecki stellt den Gemüseauflauf ab und geht noch mal zurück in die Küche, den Tee holen.

Carlo will keinen Auflauf, da ist Brokkoli drin, und den isst er nicht. Hat er noch nie und will ihn auch jetzt nicht wenigstens probieren. »Kann ich ein Wurstbrot haben?«

Die Wurst steht noch im Kühlschrank. Im Vorbeigehen entreißt Carlo seinem Bruder die schon etwas demolierte Packung mit dem Rauchmelder. »Du kriegst die doch sowieso nicht auf!«

Das lässt sich Kevin nicht bieten! In der Küche geht der Kampf so lange weiter, bis Ecki eingreift. »Kannst du nicht mal für Ruhe wenigstens beim Abendessen sorgen?!« Ein vorwurfsvoller Blick trifft ihren Mann.

Olli kann aber nicht, er hat gerade sein Notebook vor sich aufgebaut und dazu sein neues Handy, weil er wichtige Daten von einem Gerät auf das andere übertragen will. Allerdings muss er erst mal die Bedienungsanleitung für das Handy studieren.

»Geiles Teil!«, findet Carlo. »Zeig doch mal her!« Er streckt den Arm danach aus, streift Ollis Teeglas, und dann hört man nur noch einen Schrei: »Neiiin!!!« Zu spät! Das Glas ist leer, sein Inhalt gleichmäßig über Handy, Tisch und Hose verteilt.

»Warum hast du ihn nicht gleich getrunken, solange er heiß war?«, fragt Ecki mit einem ganz kleinen Triumph in der Stimme, bevor sie einen Schwamm holt.

Ollis Blutdruck steigt zusehends, was seinem merklich geröteten Gesicht abzulesen ist. Er tupft das Handy ab, versucht die Feuchtigkeit aus dem Innern zu schütteln, es kommt aber keine raus, schließlich legt er es auf die Heizung und will seinen Ältesten ins Bett schicken. Doch der hat sich vorsichtshalber schon selbst aus dem Verkehr gezogen.

Aber Kevin ist ja noch da. »Papa, können wir jetzt mal das Rauchding ausprobieren?« Weil er seinen Gemüseauflauf bis auf einen kleinen Rest gegessen hat, darf er sich einen Nachtisch aus der Küche holen. Zurück kommt er mit einem Glas Joghurt, aus dem ein langer Löffelstiel ragt, und unter den Arm geklemmt hat er die inzwischen aber schon sehr lädierte Packung mit dem Rauchmelder. Ein Stück Kabel hängt bereits raus.

Papa hat zwar keine große Lust, andererseits kann man das Gerät in dieser halb zerfetzten Verpackung sowieso nicht mehr verschenken, es muss einen neuen Karton bekommen, und wenn es sowieso umgepackt wird, sollte man es vorher ausprobieren, ob es auch wirklich funktioniert. »Dann gib mir das Teil mal rüber!«

Sofort hebt Kevin die Packung vom Boden auf, wo sie inzwischen gelandet war, und reicht sie mit beiden Händen quer über den Tisch an seinen Vater weiter. Sogar das lose Kabel hatte er noch unter dem Deckel festgeklemmt. Er hatte nur nicht an den Joghurtlöffel mit dem langen Stiel gedacht …

Kurz vor halb elf abends klingelt mein Telefon. Ralf ist dran, einer aus dem Freundeskreis, und zwar einer von den Hilfsbereiten – immer da, wenn Not am Mann ist, und wenn gerade mal keine Not herrscht, dann auch. Ralf also begrüßt mich mit den Worten: »Du bist doch eine erfahrene Hausfrau! Weißt du, wie man Kamillentee aus einem Handy kriegt und Joghurt aus'm Laptop?«

»Weshalb kippst du denn erst welchen rein?«

»Das solltest du besser Olli fragen! Sein Blutdruck dürfte

sich momentan so um die 170 zu 120 bewegen mit steigender Tendenz, und wenn ich ihn am Telefon richtig verstanden habe, dann hat sich Ecki mit Carlo und Kevin im Kinderzimmer eingeschlossen.«

»Was um aller Welt ist denn passiert?«

»Es hat wohl damit angefangen, dass Olli seinem Vater zu Weihnachten einen Rauchmelder schenken wollte ...«

Was machen Gartenzwerge im Winter?

Eine zweifellos bedeutende Frage, der offenbar noch niemand nachgegangen ist, denn die meisten dieser bezipfelten und häufig sogar mit gärtnerischen Utensilien ausgestatteten Zwerge verschwinden eines (Herbst-)Tages, sind einfach nicht mehr da, hinterlassen runde Lücken im Rasen und tauchen erst im späten Frühjahr wieder auf. Und keinen der vielen Passanten, die jeden Tag am Vorgarten vorbeilaufen, scheint es zu kümmern, wohin diese meist doch recht geschäftigen Kerlchen mit den roten Zipfelmützen denn wohl ausgewandert sind.

Vielleicht sollte ich erst einmal klarstellen, dass ich Gartenzwerge zwar nicht gerade hasse, immerhin sind sie ein weltbekanntes Symbol für deutsche Vor- und Schrebergärten, aber ich würde mir – freiwillig – niemals einen anschaffen. Allerdings *besitze* ich einen, das ist nämlich ein Unterschied; er heißt Kurti, ist etwa 20 Jahre alt, wird zunehmend grauer (bei Gartenzwergen zeigt sich das Alter nicht an der Haarfarbe, sondern an der nachlassenden Farbintensität ihrer Garderobe), und sein lebenslanges Bleiberecht auf dem Stumpf einer abgesägten Birke ist lediglich auf einen Irrtum zurückzuführen.

Bekanntlich hat Stefanie ihren Ehemann unserer damals

defekten Badewanne zu verdanken; ich hatte in ihm einen Klempner vermutet und mich lediglich gewundert, dass er herzlich wenig Ahnung hatte, wie man einen kaputten Abfluss repariert, aber ziemlich genau die Preise von Papierservietten und Blumenkästen kannte, aber das ist eine ganz andere Geschichte. Jedenfalls erfuhr ich im Laufe jenes Tages, dass er seine Brötchen mit dem Verkauf von Dekorationsartikeln verdient, worunter ich mir natürlich auch Bastkörbe, Gartenfackeln, Lackfolie und sonstiges Zubehör vorzustellen hätte.

»Auch Gartenzwerge?«, hatte ich wissen wollen.

»Ja. Ungefähr ein Dutzend, die hatte meine Mutter noch geordert, aber wenn sie verkauft sind, dann wird es mit Sicherheit keinen Nachschub mehr geben!«

»Mögen Sie etwa keine Gartenzwerge?«

»Sehe ich so aus?«

»Nein«, musste ich zugeben, »Sie haben wirklich keine Ähnlichkeit mit einem solchen, die sind nämlich etwas graziler und tragen Zipfelmützen. Bei Ihnen vermisse ich beides!«

»Woraus ich schließe, dass Sie ein weniger gestörtes Verhältnis zu Gartenzwergen haben als ich.«

»Bestimmt! Ich liiiieebe Gartenzwerge nämlich!«

Bei seinem nächsten Besuch – von Geschwistern und Freunden bereits als Stefanies Lover akzeptiert, nur ich hatte mal wieder von nichts eine Ahnung gehabt – überreichte mir Hannes einen sehr professionell verpackten Karton, und als ich mich durch Geschenkpapier und Kräuselband-Gestrüpp bis zum Deckel vorgekämpft hatte, ahnte ich es schon: In der Schachtel ruhte, umhüllt und fixiert von mindestens zehn Bogen zerknülltem hellgrünem Seidenpapier, ein Gartenzwerg mit grüner Hose und rotem Wams dito Mütze.

Was sagt man in solch einem Moment? »Vielen Dank, ist wirklich nett von Ihnen, aber den nehmen Sie am besten gleich wieder mit! Ich kann Gartenzwerge nicht ausstehen!« Macht man nicht, ist schlechter Stil, außerdem war ich ja selber schuld, hatte das Gegenteil behauptet, woher soll denn dieser höfliche Mensch wissen, dass ich überhaupt nicht …

Weshalb dieser höfliche Mensch trotzdem so impertinent grinste, wurde mir erst später klar, als ich Stefanie neben der Toilettentür räsonieren hörte, während ich hinter derselben alles mitkriegte.

»Ich habe dir doch gleich gesagt, nimm eine von den neuen Glasvasen, damit hättest du punkten können, aber nicht mit diesem dusseligen Zwerg.«

»Ich denke, sie mag Gartenzwerge!«

»Blödsinn! Sie wollte dich doch bloß hochnehmen.«

»Was glaubst du denn, was ich wollte???«

Na prima, jetzt waren die Fronten wenigstens abgesteckt, und ich möchte mal behaupten, weder Hannes noch ich haben im Laufe von mehr als einem Dutzend Jahren an Boden gewonnen. Wir mögen uns aber trotzdem.

Mit der Frage, was denn die Gartenzwerge im Winter machen, hatte ich mich zum ersten Mal beschäftigen müssen, als die Zwillinge ungefähr vier Jahre alt waren. In jener Straße, die wir immer entlanggehen, -radeln oder -fahren müssen, wenn wir in die Stadtmitte wollen, gibt es ein Eckhaus, dessen Garten wohl schon unzählige Kinder entzückt hat. Dort gibt es einen ganz kleinen Teich, in den ein steinerner Frosch Wasser speit. Am Rand dieses Teiches steht ein angelnder Gartenzwerg, ein Zweiter bringt mit seiner Schubkarre dem Dritten zwei kleine Blumentöpfchen, ein Vierter liegt auf dem Bauch ... die anderen stehen irgendwie rum und tun so, als täten sie etwas; fehlt eigentlich nur noch Schneewittchen, aber Frauen sind wohl nicht erwünscht, es ist eine reine Männergesellschaft, die dort seit Jahrzehnten ein monogames Leben führt. Fünf Minuten Pause auf dem Hinweg und mindestens genauso lange auf dem Rückweg mussten immer einkalkuliert werden, wenn ich mit den Zwillingen dort vorbeiging. Die drei Älteren waren nicht mehr vom Zwergen-Virus befallen gewesen; als wir hierher zogen, hatten sie für die Figuren nur insofern Interesse gezeigt, als man sie prima mit der Schleuder hätte abschießen können (in Berlin heißen die Dinger übrigens Zwille). Doch das waren rein hypothetische Überlegungen gewesen, es gab genug andere Ziele, die nicht gleich zersplittern würden, zum Beispiel auf der Wäscheleine!

Eines Tages Anfang November waren die Zwerge verschwunden, der Frosch spuckte kein Wasser mehr, nichts plätscherte oder gluckerte, im Teich hatte sich welkes Laub gesammelt ... und prompt kam die Frage von Nicole: »Die Zwerge sind weg. Wo sind die hin? Sind die gesterbt?«

Offenbar hatte sie noch immer nicht die kleine Maus vergessen, die wohl gerade noch einer Katze entkommen war und sich zum Sterben ausgerechnet den Kirschlorbeer im Vorgarten ausgesucht hatte.

»Nein, Nicki, die sind nur umgezogen ins Warme, denen wird es jetzt auch zu kalt, wenn sie Tag und Nacht draußen stehen müssen.«

Das leuchtete ihr ein. »Sind die nach Kanarien gegangen?«

Unsere Briefträgerin (damals hießen sie noch so!) hatte in einem Preisausschreiben eine Woche Urlaub mit Halbpension auf Lanzarote gewonnen, war wohl gerade erst zurückgekommen und hatte in den wärmsten – im wahrsten Sinne des Wortes – Farben von dem herrlichen Wetter und den sommerlichen Temperaturen geschwärmt.

»Nein, Nicki, ich glaube nicht, dass die Zwerge richtig verreist sind, die sitzen bei Herrn Bremer bestimmt irgendwo in einer warmen Kiste und warten auf das nächste Frühjahr.«

»Dauert das lange?«, mischte sich nun auch Katja ein.

»Ich glaube schon. Jetzt kommt doch erst mal der Winter mit Schnee und Rodeln gehen und Weihnachten und …«

»Osterhase!«, ergänzte Katja. »Der kommt denn auch, nich'?«

»Wenn der Osterhase kommt, dann sind die Zwerge ganz bestimmt wieder da.«

Es erschien opportun, in der nächsten Zeit einen kleinen Umweg in Kauf zu nehmen und auf diese Weise das Eckhaus zu meiden; die Vermutungen, wohin denn nun die Zwerge verreist sein könnten, wurden immer fantasievoller, blieben jedoch unbefriedigend, weil ja niemand Genaueres wusste. Rolf hatte schon angeregt, doch einfach mal zu klingeln und nähere Informationen einzuholen, doch das war nun wirklich zu viel verlangt. Herr Bremer ist geborener Randersauer und als solcher gegenüber zugezogenen Nicht-Schwaben weniger kommunikativ.

Und dann waren sie plötzlich alle wieder da! Nein, nicht im Garten, der war inzwischen zugeschneit, sondern auf den Fensterbrettern! Frisch gereinigt und lackiert standen beziehungsweise lagen sie vor den Spitzengardinen, und als die Zwillinge ihnen zuwinkten, hatte ich fast den Eindruck, als hätten sie so ein ganz kleines bisschen zurück gewinkt.

Unser Kurti überwintert allerdings schon seit Jahren im Freien, denn er hat ja Untermieter, und die wiederum kriegen Kinder, er ist also unabkömmlich; es kommt nur gelegentlich vor, dass er mal von seinem Sockel kippt, aber die Ameisen stört das anscheinend nicht, sie warten geduldig, bis ihn jemand wieder aufstellt. Kurti hat im doppelten Sinn ein recht ausgefülltes Leben.

Auch den Angler und den mit der Schubkarre und den anderen mit dem Spaten gibt es noch, nur sind es jetzt meine Enkel, die davor stehen bleiben und wissen wollen, wie das mit dem Wasser geht, woher der Frosch das denn nimmt und weshalb er sich nie verschluckt. Und was die Gartenzwerge im Winter machen, wissen sie auch; da hocken sie alle ziemlich eng zusammen auf jetzt nur einem Fensterbrett, denn auf dem anderen stehen ein weiß gekleideter und ein rot gekleideter Weihnachtsmann und dazwischen noch ein paar Engelchen.

Jetzt warten wir nur noch darauf, dass das Eckfenster von Osterhasen und kleinen Küken bevölkert wird …

Muss ich da wirklich wieder mit?

»Wann gehen wir denn auf den Weihnachtsmarkt?«, will Timmi wissen, nachdem er die Schlagzeile in unserem wöchentlichen Heimatblättchen ausgiebig studiert hat, »da is' nämlich ein Foto drauf mit'm Rathaus und dem Christbaum davor, das kommt immer, wenn der Weihnachtsmarkt fertig ist, und was heißt erfogelreich, Oma?«

Mit den Augen verfolge ich seinen leicht angeschwärzten Zeigefinger. Er hat recht! Jedenfalls fast! Korrekt gelesen steht dort, dass der Aufbau des diesjährigen Weihnachtsmarktes *erfolgreich* abgeschlossen ist, aber für einen Erstklässler ist das ein ziemlich schwieriges Wort.

Tim geht gern in die Schule, findet dort alles ganz toll einschließlich der Lehrerin und will möglichst schnell lesen lernen, dann kann er endlich selber rausfinden, wann die Fußballübertragung im Fernsehen beginnt oder das Kinderprogramm.

Wenn er bei uns ist, kriege ich nämlich immer noch die Programmzeitung in die Hand gedrückt und muss auflisten, wann *Bibi Blocksberg* anfängt und die *Sendung mit der Maus*; die Uhr kennt Tim schon lange, das Alphabet inzwischen auch, aber so viele Buchstaben nebeneinander, wie sie bei so komischen Wörtern vorkommen wie Dunstabzugshaube oder Entkalkungstablette, stehen nie in seinem Lesebuch: »Muss man aber auch noch nicht lesen können müssen, nicht wahr, Oma?«

Der gemeinsame Gang zum Supermarkt nimmt jetzt doppelt so viel Zeit in Anspruch, es gibt unterwegs zu viele Schilder, deren Aufschriften zusammenbuchstabiert werden müssen und so wichtige Informationen enthalten wie *Bitte Tür schließen, Durchgang gesperrt* oder *Mittwoch Ruhetag.* Zum Glück sind beim Bäcker die an der Tafel mit Kreide aufgelisteten Brotsorten fast immer dieselben, die kann Tim inzwischen auswendig lesen, und dass sich beim Metzger nur der Preis vom Rindfleisch ändert und nicht der Name, hat er auch schon mitgekriegt.

Mit Schlagzeilen in der Zeitung ist es schwieriger. »Oma, was soll das sein – Wand erst ab?«

Das weiß Oma nicht, lässt sich die Zeitung reichen und erfährt, dass ein hiesiger Kurgast den Goldenen *Wanderstab* erlaufen hat. Ist natürlich erwähnenswert, kommt auch relativ selten vor, weil es rundherum einfach zu viele Gasthäuser und Kneipen gibt, die ein zügiges Wandern erschweren.

Tim findet es übrigens blöd, dass diese komischen Wörter nicht mit Bindestrich getrennt werden. *Weihnachtsmarkt* ist ja auch so eins, aber das kennt er inzwischen und kann es ohne Schwierigkeiten lesen.

Es scheint ein ungeschriebenes Gesetz zu sein, dass der Besuch von Weihnachtsmarkt, Rummelplatz, Sommerfest des Kindergartens – später durch ein solches in der Schule abgelöst – und ähnlichen Veranstaltungen häufig den Großeltern übertragen wird und dann meist bei den Omas hängen bleibt, weil Opa auch nicht kann; er hat nämlich einen wichtigen Termin irgendwo außerhalb, dazu braucht er natürlich auch das Auto und bringt es auf diese Weise aus dem Gefahrenbereich riesiger Parkplätze, wo Oma den Wagen sowieso nie wieder findet beziehungsweise sich von angetrunkenen Rowdies die Stoßstange verbeulen lässt. Außerdem haben Opas für derartige Events nicht viel übrig, sie dürfen ja nicht mal ein Glas Bier trinken, weil der Enkel sofort protestiert: »Opa, das geht aber nicht, du musst noch fahren, und da sind zu viele Promille drin!«

Das Thema Weihnachtsmarkt ist keineswegs abgehakt, denn nun wünscht Tim präzise Angaben in Bezug auf Tag und Stunde, damit er den Besuch dieses vorweihnachtlichen Paradieses mit seinen sonstigen Verpflichtungen koordinieren kann. »Freitag habe ich Fußballtraining, und Sonntag hat Jonas Geburtstag, da kann ich nicht!«

Fußball ist wichtig und Jonas sein bester Freund, beides geht vor. Andererseits legt er großen Wert auf die Begleitung von Onkel Sven, und der wiederum hat lediglich am Wochenende Zeit.

»Dann bleibt ja wohl nur der Samstag übrig«, entscheidet Tim und übergeht meinen Einwand, es gäbe ja auch noch das übernächste Wochenende und das überübernächste, doch davon will er nichts wissen. »Bis dahin kommt bestimmt wieder was dazwischen!«

Svens Mitkommen ist für Tim allerdings unerlässlich, denn er weiß aus Erfahrung, dass Oma weder in die Schiffsschaukel steigt, die es auf diesem besonderen Weihnachtsmarkt gibt, noch in diese Minigondeln vom Riesenrad, und Achterbahn kommt schon überhaupt nicht in Frage, da wird ihr ja schon vom Zusehen schlecht. Ganz allein darf er aber nicht.

In diesen Autoscooter traut sich Oma auch nicht mehr rein, seitdem mal bei einem der offenbar unerlässlichen Zusammenstöße ihre Hand zwischen die Gummipuffer geraten war; den Abdruck vom Ring konnte man auf dem Finger noch tagelang sehen, und den kleinen Saphir hat man auch nie wieder gefunden – genau genommen sind Großmütter als Begleitung auf einem Rummelplatz völlig ungeeignet, als zahlende Institution allerdings gern gesehen. Sie stellen nämlich Sechsjährige nicht vor die Wahl Schoko-Banane *oder* Eis, sie genehmigen beides, kaufen auch ein paar Lose, weil man da einen echten Fußball gewinnen kann mit den Unterschriften der Nationalmannschaft, der Enkel gewinnt aber nur einen Trostpreis in Form einer Trillerpfeife, mit der er so lange alle Menschen im Umkreis von 15 Metern nervt, bis Oma das Ding in die Tasche steckt. Und dann darf er sogar noch aufs Kettenkarussell, obwohl die Mami das nicht will, irgendwo ist nämlich schon mal so eine Kette einfach abgerissen. Hat auch in der Zeitung gestanden.

Genau genommen würde Tim ganz gerne auf Oma verzichten und mit Onkel Sven alleine losziehen, doch das will der nun wieder nicht, weil ihm der Spaß zu teuer wird und er sowieso kein Geld mehr hat. Sagt er. Dabei hat er noch immer kein Geschenk für seine Freundin gefunden, jedoch ein hinreichend bekanntes Phänomen neu entdeckt: »Weihnachtszeit ist die Zeit, in der man für andere Leute Dinge kauft, die man sich selbst nicht leisten kann!«

Samstag, elf Uhr. Es klingelt. Ist bestimmt der Postbote, der die ganzen Prospekte, mit denen man um diese Jahreszeit zugeschüttet wird, wieder nicht mehr in den Briefkasten kriegt. Ich will aber keine komplette Wohnwand kaufen und auch kein T-Shirt mit Glitzerdruck; doch dann steht draußen bloß Anne von Haus Nr. 2. »Kann ich mal dein Telefon benutzen? Mein Handy habe ich gestern im Büro liegen lassen, und vom anderen ist der Akku leer.«

Natürlich darf sie. Das Telefonbuch braucht sie auch noch, die Nummer von der Autoreparatur hat sie nicht im Kopf, ist ja diesmal auch eine andere, weil der Wagen doch gleich abgeschleppt worden ist, und wie das eigentlich ist mit einem Leihauto, das steht ihr doch zu, nicht wahr?

»Wie wär's, wenn du mal von vorne anfängst? Weshalb brauchst du einen Leihwagen?«

Es stellt sich heraus, dass Anne einen Autounfall hatte, völlig schuldlos natürlich und auch gar nicht so schlimm, verbeultes Blech vorne und noch irgendwas an der Radaufhängung, aber der andere war viel zu schnell gewesen, und von rechts ist da schon lange keine Vorfahrt mehr … Ihrer Schwester muss sie auch noch absagen, die hat Grippe, und deshalb wollte Anne ihr den Jungen abnehmen, aber ohne Auto geht das ja gar nicht …

Anne wird mit Telefon und einer Tasse Kaffee ruhiggestellt, die Schwester dahingehend informiert, dass Sven in einer Viertelstunde den Knaben Robin abholen und zu Tante Anne bringen wird, und am Nachmittag werden wir alle zusammen auf den Weihnachtsmarkt gehen.

Robin ist ein etwas vorlauter kleiner Bursche, zwei Jahre älter als Tim, sammelt aber auch Fußballbilder und hat sogar welche doppelt, die Timmi noch fehlen; dafür hat der ein Poster von irgendwas, das er gar nicht braucht und gerne gegen die Fußballer tauschen möchte. Einig sind sie sich auch, dass Karussellfahren was für Babys ist und Ponyreiten langweilig. »Immer bloß im Kreis rum, und dann läuft noch so 'ne Tussi mit, die das Pferd am Gebiss festhält«, begründet Robin seine Abneigung gegen diese Art Kinderbelustigung. »Für das Geld dafür kann man nämlich zweimal Boxauto fahren.«

Bisher war Tim ganz versessen gewesen aufs Ponyreiten, unter mindestens zwei Runden ging gar nichts, aber das konnte er natürlich nicht zugeben. »Ponys sind doof!«

»Ponys sind Scheiße!«, trumpfte Robin auf.

»Robin!« Anne hielt sich demonstrativ die Ohren zu. »Seit wann benutzt du solche hässlichen Wörter? Woher hast du das?«

»Von Papa!«

»Das glaube ich nicht.«

»Stimmt aber. Das sagt er immer, wenn das Auto nicht anspringt.«

Bingo! Väter, die ihren Kindern ein Vorbild sein wollen, müssen sich darüber klar sein, dass sie dann in ihren besten Jahren nicht viel vom Leben haben!

Zwei übermütige Kinder auf den Rücksitz eines Autos zu schieben und dazu noch eine Mutter, die normalerweise vorne am Steuer sitzt, ist bei einem Wagen mit nur zwei Türen etwas umständlich. Ganz besonders dann, wenn Kind Nr. 1 – es sitzt in der Mitte – einfällt, dass es doch noch aufs Klo muss, während Kind Nr. 2 behauptet, dass seine Hose kratzt und es lieber eine andere anziehen möchte. Beides wird abgelehnt. Robin war erst vor fünf Minuten auf der Toilette gewesen, sagt Anne, und Tims Jeans haben vorher noch nie gekratzt.

Die halbe Stunde Fahrt zum Weihnachtsmarkt verläuft problemlos, Parkplätze sind Mangelware, Sven findet schließlich einen, allerdings etwas abseits vom Geschehen, fünf Minuten Fußmarsch sind unumgänglich.

Robin mault, Laufen ist er offensichtlich nicht gewöhnt. »Was glaubst du wohl, wozu du zwei Beine hast?«, will Anne wissen.

»Na, eins für die Bremse und eins zum Gasgeben«, antwortet das reizende Kind und rennt plötzlich los, weil Tim schon viel weiter vorne ist. Sven spurtet hinterher, fängt die Ausreißer wieder ein, und als die ersten Buden in Sicht kommen, haben wir uns auf den üblichen Treffpunkt geeinigt, falls jemand abhanden kommen sollte. Kann ja immer mal passieren, ist auch schon passiert!

»Also, wenn einer von uns im Gedränge verlorengeht und die anderen nicht mehr wiederfindet, dann geht er einfach zu dem großen Glockenturm mit der Uhr«, doziere ich, »den sieht man ja von überall, und dort wartet er vor der Tür, bis wir kommen. Auf keinen Fall mit jemandem mitgehen! Alles klar?«

Tim nickt, er kennt das schon, hört die Ansprache jedes Mal; beim letzten Frühlingsfest ist es aber die Mama gewesen, die plötzlich verschwunden gewesen war, im Bäckerladen hatte sie natürlich niemand gesucht, und als Tim mit dem Papa endlich am Turm angekommen war, hatte die Mama aus lauter Langeweile die Brezel selber aufgegessen.

Es ist unbegreiflich, was Kinder im Laufe von knapp zwei Stunden in sich hineinstopfen und -gießen können, ohne dass ihnen schlecht wird, zumal sie ein solides Schinkenbrötchen ablehnen und auch keinen Blick für die sonst so geliebten ungesunden Pommes haben, stattdessen wollen sie die aus schwimmendem Fett gefischten und dann in buntem Zucker gewälzten Bällchen probieren; die schmecken aber nicht so richtig, also dann doch lieber einen Kartoffelpuffer mit Apfelmus und hinterher Magenbrot; die gebrannten Mandeln von vorhin waren schon nach fünf Minuten alle. Ein Eis hat auch noch Platz, und anschließend mit Sven in die Schiffsschaukel. Da will Tim aber nicht mit rein, er möchte in den Streichelzoo und ist enttäuscht, weil diesmal bloß ein paar Schafe da sind, die sich nicht mal streicheln lassen. Endlich erwischt er eins. »Die fassen sich an wie Wolldecken, stinken aber ziemlich viel!«, stellt er fest und wischt die Hand an meiner Hose ab. »Ich hab Durst!«

Wenn's nach mir ginge, würde ich die kleinen Quälgeister jetzt ins Auto verfrachten und nach Hause fahren, aber es geht ja nicht nach mir! Anne stapft sichtbar lustlos zwei Schritte hinter uns her, und Sven zeigt auch erste Anzeichen von Erschöpfung, als er den putzmunteren Robin vor sich herschiebt. Der Rundgang nähert sich zwar dem Ende, aber die Achterbahn fehlt noch und die Wurfbude, wo man mit einem viel zu leichten Stoffball nach zerbeulten Blechbüchsen werfen muss; noch niemals habe ich jemanden gesehen, der mit nur drei Würfen alle Dosen abgeräumt hat, und deshalb werde ich den Verdacht nicht los, dass eine von den Unteren festgeklebt ist. Tim wirft zweimal daneben, schafft beim dritten Mal endlich zwei Büchsen und kriegt einen kleinen Plastikball mit Gummistrippe, die wenig später abreißt. Robin trifft jedes Mal, schwächelt allerdings, denn erst beim letzten Wurf fallen drei Dosen, was ihm einen Bleistift mit oben einem Glöckchen dran einbringt. Seine Lehrerin wird sich freuen.

Achterbahn muss nun doch nicht mehr sein, hatten sie ja schon gehabt, und zwar gerade dann, als ich jenen Wagen »Nur für Damen« aufgesucht hatte; kostet 50 Cent, und drinnen nicht mal Toilettenpapier.

Wir nähern uns dem letzten Verkaufsstand, und das ist jener mit den unendlich vielen Bonbonsorten, die nur darauf warten, eingetütet zu werden. Das darf man nämlich selber machen. Also ran an die Töpfe! Vier Bonbons von den roten und noch mal vier von den blau-weißen, nein, die nicht, da ist Pfefferminz mit drin, lieber die Geringelten da oben ganz hinten ... nicht doch, das sind die falschen, aber vielleicht ein paar von den gelben daneben, und ob es auch welche mit Krokant gibt ...?

Anne tütet ein, ich tüte ein, Sven ebenfalls, er steht auf Schokoladenplätzchen, und als wir endlich fertig sind, kann der Mann an der Kasse fast zwölf Euro abrechnen.

»Jetzt aber nichts wie nach Hause!« Mir langt es für heute, ich möchte endlich eine anständige Tasse Kaffee und nicht diese Plörre, die an dem hochtrabend »Mokka-In« genannten Stand ausgeschenkt wird, Hunger habe ich auch, nur nicht auf gebutterten Maiskolben oder – noch schlimmer – Schmalzbrot mit Grieben. Ich möchte mich in einen bequemen Sessel setzen dürfen und nicht auf eine Holzbank ohne Lehne, und überhaupt sind zweieinhalb Stunden Weihnachtsmarkt mehr als genug. Jedenfalls für eine in Ehren ergraute Großmutter!

»Mir tun die Füße weh«, jammert Robin, humpelt sehr eindrucksvoll und lässt sich auf die anderthalb Quadratmeter Wiese fallen, die noch nicht völlig zertrampelt sind. »Kannst du das Auto nicht hier ranfahren?«

»Nein«, blockt Sven sofort ab. »Und wieso haben dir die Beine bis zu diesem Moment nie wehgetan, du bist doch die ganze Zeit gelaufen.«

»Das waren ja auch immer bloß kurze Strecken, und dann habe ich mich wieder ausgeruht in der Achterbahn oder im Boxauto, aber nun kann ich nicht mehr!«

»Du spinnst doch!«, stellt Timmi ungerührt fest. »Meine Oma ist hundertmal älter wie du, die jammert auch nicht.«

»... *als* du«, verbessere ich automatisch, verkneife mir zwar nähere Informationen in Bezug auf mein Alter, bin mir aber sicher, dass ich im elften Jahrhundert nicht hätte leben wollen.

Anne ergreift das Wort. »Entweder kommst du jetzt ohne jeden Kommentar mit, oder du bleibst hier sitzen, bis dich der Papa abholt. Das kann allerdings noch zwei Stunden dauern!«

Robin entscheidet sich fürs Mitkommen, findet im Rinnstein eine zerbeulte Cola-Dose, und nun tun ihm auch die Füße nicht mehr weh. Tim kickt allerdings viel besser!

Das Auto steht ziemlich eingekeilt zwischen zwei anderen, aber Sven meint, das sei kein Problem, er käme da schon irgendwie raus, er muss nur erst den Schlüssel finden. Nach fünf Minuten hat er ihn aber immer noch nicht, stülpt zum zweiten Mal die Hosentaschen nach außen, klopft die Jacke von allen Seiten ab, ist plötzlich überzeugt, er habe mir den Schlüssel gegeben, stimmt aber nicht, muss nach einer nochmaligen Suche, die erst kurz vor der Unterhose endet, zugeben, dass der Schlüssel definitiv weg ist. »Den muss mir jemand geklaut haben!«

»Und was soll dieser Jemand damit?«, fragt Anne. »Oder hast du vorsichtshalber ein Anhängerchen dran mit genaueren Informationen wie Typenbezeichnung und Nummernschild?«

»Nee! Wenn das der Fall wäre, bräuchte ich hier bloß auf ihn zu warten!«

Das klingt logisch. Robin erinnert sich, irgendwo auf dem Weihnachtsmarkt das Schild *Fundbüro* gesehen zu haben, weiß aber nicht mehr, wo genau. »Das war bei den Pommes!«

Pommes-Buden gibt es ein halbes Dutzend auf dem Markt, und überhaupt seien doch die verloren gegangenen Kinder gemeint, argumentiert Anne, es würden immer diejenigen abgeliefert, die heulend herumlaufen, weil sie ihre Eltern verloren haben.

»Blödsinn! Was würdest du denn tun, wenn du jetzt einen Schlüssel fändest?«, will ich von ihr wissen.

»Nachsehen, ob's nicht mein eigener ist!«, kommt es prompt zurück, aber dann meint sie auch, dass ein Fundbüro letztendlich da sei, um gefundene Dinge entgegenzunehmen.

»Glaubt ihr denn wirklich, dass bei diesem Gedränge irgendjemandem ein Schlüssel auffällt? Wenn's wenigstens ein ganzer Schlüsselbund wäre, da merkt man nämlich, wenn man drauftritt!«

Im Fundbüro wartet eine vierbeinige Promenadenmischung auf ihre Familie und ein kleiner Junge auf die Mama, die ihren Sprössling offenbar noch nicht vermisst hat. »Der sitzt schon seit einer Dreiviertelstunde hier!«, sagt die Dame hinter dem Schreibtisch. Sie könne zwar noch mit einem Tennisschläger dienen, der vorhin abgegeben wurde, mit einem Rucksack und zwei verschiedenen Handschuhen, ein Autoschlüssel sei leider nicht herein gekommen.

»Ist nicht vorhin die Achterbahn kurze Zeit außer Betrieb gewesen, weil angeblich ein einzelner Schlüssel zwischen die Räder geraten war?«, glaubt ein junges Mädchen zu wissen, das gerade hereinkommt und einen gefundenen Schal abgeben will. »Vielleicht fragen Sie da mal nach!«

Sven stürmt los, wir bleiben im Fundbüro sitzen, da ist es wenigstens warm; draußen ist es nämlich kalt geworden, dunkel sowieso, doch das Warten lohnt sich. Nach einer knappen Viertelstunde ist Sven zurück und winkt freudestrahlend mit dem Schlüssel. Ein bisschen ramponiert sieht er ja aus, doch wie sich später herausstellt, ist die Fernsteuerung noch intakt, die Sperren lösen sich, wir können die Türen öffnen, steigen ein, drinnen ist es zwar auch nicht wärmer als draußen, macht aber nichts, die Heizung reagiert immer ziemlich schnell. Und dann endlich bemerkt Sven, dass ein Teil vom Schlüsselbart fehlt. Es ist einfach weggebrochen.

Zwanzig Minuten lang hat der per Handy informierte Opa den Reserveschlüssel gesucht, von dem sein Sohn nicht mehr ganz genau wusste, wo er liegt, auf jeden Fall auf, am oder im Schreibtisch an einer sicheren Stelle und natürlich griffbereit, doch ob das für einen alten Zahnputzbecher zutrifft, in dem Sven normalerweise Büroklammern und Gummibänder sammelt, bleibt dahingestellt.

Mein Ersatzschlüssel hängt im Schlüsselkasten gleich neben der Haustür. Natürlich nur dann, wenn ich ihn nicht gerade mal wieder gebraucht und dann woanders abgelegt habe.

Einmal Weihnachtsbaum und zurück

Wenn an einem gesetzlichen Feiertag im November morgens um zehn Minuten vor acht das Telefon klingelt, ist entweder etwas passiert, oder jemand hat sich verwählt, wobei Letzteres am wahrscheinlichsten ist. In unserer Familie steht – außer mir natürlich – sonntags niemand auf, solange es draußen noch beinahe dunkel ist, Regen an die Scheiben klatscht und in dieser Woche die Nachbarn mit Brötchenholen dran sind. Wer also wagt es, die Feiertagsruhe zu stören?

Nach dem dritten Läuten hatte ich endlich den Telefonhörer geortet – wer hatte den bloß auf dem Fensterbrett abgelegt? Und dann auch noch hinterm Kaktus? Und als ich auf das Knöpfchen gedrückt hatte, hörte ich erst Musik und dann eine Stimme, die ich eigentlich sehr mag – nämlich die von Frank Sinatra: »… this town which never sleeps, New York, New York …«

Ja, ich höre ihn wirklich gern, aber nicht morgens kurz vor acht!

»Wie findest du das?«, wollte Stefanie wissen, für diese Tageszeit erstaunlich munter, aber sie hatte ja Geburtstag, allerdings auch noch während der nächsten sechzehn Stunden, und ich hätte bestimmt nachher angerufen und gratuliert, Familienfeier ist nämlich erst in drei Tagen.

»Rate mal, was ich von Hannes zum Geburtstag bekommen habe?«

»Rote Rosen!« Die kriegt sie jedes Jahr, und jedes Jahr wird's eine mehr.

»Die sowieso, aber da steckte noch ein Flugticket drin nach New York und ein Hotel-Gutschein, und das alles für zwei Personen!«

Das hörte sich schon anders an! »Da hat sich dein Mann wirklich mal was einfallen lassen, nur – was wollt ihr um diese Jahreszeit auf'm Broadway? In New York ist doch auch November!«

»Nicht jetzt! Erst im Dezember! Ich will doch endlich mal den Weihnachtsbaum in natura sehen!«

Wie alt war dieses Kind an diesem Tag geworden? Will den Weihnachtsbaum sehen? Hat doch selber jedes Jahr einen echten im Wohnzimmer und mindestens drei Dutzend künstliche in der Firma, werden ja auch immer beliebter, sind gleichmäßig gewachsen, nadeln nicht, und bei pfleglicher Behandlung halten sie mindestens zehn Jahre; da amortisiert sich der Anschaffungspreis doch relativ schnell!

Und dann fiel endlich der Groschen bei mir! Jedes Jahr, wenn am ersten Dezemberabend in der *Tagesschau* die Großaufnahme des New Yorker Rockefeller Center gezeigt wird und im Vordergrund der riesige Weihnachtsbaum, dessen Kerzen vom Bürgermeister per Knopfdruck erleuchtet werden, kommt von Stefanie der Seufzer: »Den möchte ich zu gern mal in natura sehen!«

Womit natürlich der Baum gemeint ist und nicht das Stadtoberhaupt, von denen haben wir ja selber genug.

Ich weiß nicht, weshalb sie von diesem Baum so fasziniert ist! Bei uns stehen sie ab dem ersten Advent doch auch überall herum, kein Marktplatz ohne Tanne, kein Bahnhof ohne Weihnachtsbaum ... gar nicht zu reden von jenen künstlichen Gewächsen mit Gold- oder Silberschimmer, die in Kaufhäusern neben Skipullovern, Abendkleidern und warmen Unterröcken an das bevorstehende Fest der Geschenke erinnern.

»Hast du in der zweiten Dezemberwoche etwas vor?«, wollte Stefanie wissen, die immer noch am Telefon hing und Frankieboy zum zweiten Mal von New York schwärmen ließ.

»Nein, ich habe nichts vor, ihr könnt Charlie bringen.«

»Das geht nicht!«

»Holen werde ich ihn bestimmt nicht, beim letzten Mal ist mir das liebe Tier beinahe aus dem offenen Autofenster gesprungen!«

Schweigen. Dann eine zögernde Stimme: »Ich habe da was vergessen! Vielleicht hätte ich dir gleich sagen müssen, dass *du* mitkommen sollst nach New York!«

Jetzt war ich es, der es die Sprache verschlagen hatte, doch bevor ich zu einer Antwort fähig war, tönte eine männliche Stimme durch den Hörer: »Einer muss schließlich hierbleiben und Geld verdienen! Allein macht Sightseeing aber keinen Spaß, also musst du dich eben opfern. Flug und Hotel sind bezahlt, Verpflegung geht auf eigene Rechnung, zu Hause musst du ja auch essen.«

»Da isses aber billiger!«

»Wer sagt das? Wem haben wir denn solche Köstlichkeiten zu verdanken wie Hot Dogs, Pommes mit Ketchup,

Big Mac und ähnliche Delikatessen? In Chinatown kann man übrigens auch recht preiswert essen, man weiß zwar nicht immer, was auf dem Teller liegt, aber nur, weil man dort in den Straßen nie einen Hund sieht, musst du nicht glauben …«

»Hör sofort auf!«

Dann bekam Stefanie wieder den Hörer, und als wir ihn nach einer weiteren halben Stunde beide auflegten, war ich zwar ein bisschen klüger geworden, aber nicht allzu sehr.

Genau genommen wusste ich jetzt, dass wir am 7. Dezember von Frankfurt nach New York fliegen würden und nach vier Tagen wieder zurück (es ist sehr vorteilhaft, wenn die zweitbeste Freundin in einem Reisebüro arbeitet, Schnäppchen gibt es nämlich immer mal!), übernachten würden wir in einem typischen Touristenhotel irgendwo in der City, und dass ich einfach so mitkommen dürfte, sei mein Weihnachtsgeschenk und auch noch ein kleines Dankeschön von Hannes für gelegentliche Arbeitseinsätze in der Firma. Hunderte Engelchen aus Seidenpapier wickeln und in die Regale räumen ist wirklich eine stupide Tätigkeit, aber richtig geisttötend wird sie, wenn man den nächsten Karton auspackt, da sind nämlich wieder Engelchen drin, nur haben sie statt eines Sterns jetzt ein Kerzlein in der Hand. Und dann kommen noch welche mit Trompete. Sind die Engel endlich durch, warten schon die Nikoläuse und die Elche und die Schneemänner …

Doch, ich hatte mir die Belohnung redlich verdient!

Fünf Wochen später an einem Dienstag: Gerade hatte ich mich auf meinem Mittelplatz (wieso immer ich?) im Flieger häuslich eingerichtet, da wurde ich von der Dame am Fenster bereits informiert: »Ich heiße Annemarie, werde aber Miechen genannt, und wenn wir nun so lange nebeneinander sitzen, will man doch wissen, mit wem man es zu tun hat!«

Wollte ich das wirklich? Vielleicht sollte ich schnell noch mit Stefanie den Platz tauschen? Andererseits mag ich auch nicht unbedingt am Gang sitzen, ist doch ständig Pendelverkehr von und zur Toilette, die Flugbegleiterin serviert Kaffee, holt von vorne für jemanden ganz hinten ein weiteres Kissen, etwas später hat man – sofern man die Beine nicht rechtzeitig in Sicherheit bringt – den Wagen mit den Duty-free-Artikeln am Knöchel, oder der Herr von gegenüber muss ans Gepäckfach, und wenn ich Pech habe, kommt gerade ein kleines Luftloch, und der Herr fällt mir in die Arme. Alles schon da gewesen!

Miechen schien einer Unterhaltung nicht abgeneigt. »Fliegen Sie auch nach New York?« Wohin wohl sonst? Wenigstens merkte sie, weshalb mir keine Antwort einfiel, und fing an zu kichern. »Natürlich fliegen wir alle nach New York, ich meine ja auch nur, ob Sie da bleiben oder noch weiter wollen? Ich muss nämlich nach Kentucky. Kennen Sie Kentucky?«

Nein, ich kenne Kentucky nicht, wollte es nicht kennenlernen und wollte auch gar nicht wissen, weshalb Miechen nach Kentucky musste, erfuhr es trotzdem (ihre Tochter ist dort verheiratet, schon seit acht Jahren und noch immer kein Enkelchen), und erst, nachdem ich Stefanie die Illustrierte entrissen und irgendwo aufgeschlagen hatte, wendete sich Miechen ab und guckte aus dem Fenster. »Wie hoch fliegen wir eigentlich?«

Als die Kopfhörer verteilt waren und der Film anfing, hielt Miechen endlich den Mund, ich konnte mein Buch aufschlagen, und während James Bond auf den Bildschirmen mal wieder die Welt rettete, zog ich mit der Wanderhure durch die böhmischen Wälder … Muss vor ein paar 100 Jahren noch eine sehr unzivilisierte Gegend gewesen sein.

Acht Stunden später war endlich Land in Sicht, aber es dauerte doch noch eine Weile, bis wir wieder Boden unter den Rädern hatten, die Koffer vor uns auf dem Trolly, die Passkontrolle hinter uns und nun ein Taxi brauchten. Es war auch sofort eins da, wir stiegen ein, und dann fragte uns dieser gerade mal der Highschool entwachsene Knabe doch tatsächlich: »Where you want?«

Nie würde ich behaupten, mein Englisch sei perfekt, ist sogar weit davon entfernt, reicht aber aus für die üblichen Gemeinplätze und ein bisschen Smalltalk, doch was dieser Jüngling herausstotterte, hatte mit Englisch wenig zu tun. So ähnlich haben in Hollywoodfilmen immer die Sklaven auf den Baumwollfeldern gesprochen, dieses Pidgin-English wie in *Vom Winde verweht*. Er verstand uns nicht, wir verstanden ihn nicht, und als ich schon wieder aussteigen wollte, drückte ihm Stefanie unsere Zimmerreservierung in die Hand. »Go to this street and to this house!«

Er sah auf die Adresse und nickte. Wenigstens lesen konnte er. Trotzdem dauerte es fast eine Stunde, bis er vor einem dieser schmucklosen Hotelspargel stoppte, vierzehn Stockwerke hoch und relativ dicht am Madison Square Garden. Egal, wir waren ja nicht zum Schlafen hergekommen, sondern zum Besichtigen, wovon außer jenem Weihnachtsbaum noch kein spezielles Ziel ins Auge gefasst war.

»Ich habe einen Mordshunger!«, sagte Steffi, während uns der Lift ins elfte Stockwerk baggerte.

»Das Gegenteil hätte mich auch gewundert! Deshalb stellen wir jetzt bloß die Koffer ab, auspacken können wir nachher, und dann suchen wir uns eine Snackbar oder ein Bistro oder wie auch immer diese Futterquellen hier heißen.«

»Hübsch hässlich!« Nachdem sie die Zimmertür aufgeschlossen und den Schalter für die 25-Watt-Funzel gefunden hatte, blieb Stefanie stehen und sah sich um. »Ich habe schon immer mal in einem Antiquitätenladen übernachten wollen!«

»Das sind noch keine, Steffi, dafür sind sie 100 Jahre zu jung.« Davon hatte mich schon der erste Blick überzeugt. »Dieses Mobiliar stammt aus mindestens drei Stilepochen, zwei davon kenne ich. Die Betten sehen so ähnlich aus wie die im damaligen Schlafzimmer meiner Eltern, nannte sich *Birke geflammt* oder so ähnlich. Die beiden Schränke erinnern an Kasernenspinde, können also zwischen fünf und 50 Jahre alt sein, an der schlichten Eleganz dieses Möbels hat sich ja bis heute nichts geändert, aber die beiden Sesselchen stammen garantiert aus der Nierentisch-Ära. Solche habe ich auch mal gehabt, nur nicht in Tomatenrot, sondern in Schilfgrün – so hieß das damals, obwohl es vom Farbton her eigentlich mehr an Feldsalat erinnert hatte. Sie sehen ja auch ganz niedlich aus, sind aber so was von unbequem und außerdem nur für Menschen bis maximal 1 Meter 70 Gesamtlänge konzipiert, also setz dich lieber aufs Bett.«

»Gesessen habe ich lange genug, jetzt habe ich erst mal Hunger!«

Wenn Stefanie nicht regelmäßig gefüttert wird, kann sie

ziemlich schnell grantig werden, dem sollte man rechtzeitig vorbeugen. »Worauf hast du denn Appetit? Dein Magen ist vermutlich auf ein 3-Gänge-Menü programmiert, die hiesige Gastronomie aber noch auf Kaffee und bestenfalls Rührei mit Schinken. Du hast nämlich deine Uhr noch nicht zurück gestellt! Es ist genau siebzehn Minuten nach neun! Morgens!«

»Rührei mit Schinken klingt doch großartig!«

Es schien sich bei diesem Hotel tatsächlich um eine Touristenherberge zu handeln, denn vor dem Haus parkte ein Bus, und an der Rezeption drängten sich heftig gestikulierende, überwiegend ältere Herrschaften, gestützt auf Stock oder die rüstigere Gattin, nur schien niemand des Englischen mächtig zu sein, und der Mann hinter dem Tresen verstand kein Italienisch. Ein paar Brocken kann ich ja noch von damals, als für uns Deutsche ein Urlaub an der italienischen Riviera das Nonplusultra aller Reiseziele gewesen war, und wenn ich das Lamento der durcheinander schnatternden Italiener richtig interpretiert hatte, dann war dieser Reisegruppe während der Zollkontrolle ihr Rudelführer abhanden gekommen – che porca miseria! Aber nicht unser Problem.

Coffeeshops sind speziell in Manhattan zahlreich vertreten. Weshalb sie so heißen, weiß ich nicht, man bekommt dort neben einem sogar für infarktgefährdete Gäste zuträglichen Kaffee auch verschiedene Snacks und Kuchen, und nachdem Stefanie gesättigt war und ich meinen Becher geleert hatte, rekapitulierte ich noch einmal die hiesigen Zahlungsmodalitäten. »Wie war das doch gleich, Steffi? Die

Rechnung kriegen wir von der Kellnerin, kassieren darf sie aber nicht, das macht wieder jemand anderes, und Trinkgeld geht separat … oder so ähnlich?«

»Das bleibt auf dem Tisch liegen!«

Daran hatte sich also nichts geändert, doch als ich mit einem 20-Dollar-Schein bezahlen wollte, kam die Frage: »Do you have credit cards?«

Natürlich hatte ich eine dabei, aber doch nicht für sechs Dollar und paar Cent. *Nur Bares ist Wahres* heißt es speziell bei uns im Schwäbischen; da zahlt man das neue Moped für den Sohn mit Karte und auch die Konfirmationsfeier für die Tochter, sind ja größere Summen, sollte man nicht mit sich herumtragen. Andererseits bringen sie nur dann Zinsen, solange sie auf dem Konto bleiben, deshalb hat man für die Einkäufe im Supermarkt, für die Kinokarte, das Restaurant oder den Friseur natürlich auch das nötige Bargeld in der Tasche. Außerdem kostet jede Buchung Geld … kann man alles sparen, *nur Bares ist …* doch das hatten wir ja schon.

Mein Dollarschein wurde schließlich akzeptiert und sogar das nötige Wechselgeld herbeigeschafft, überwiegend in Münzen; wahrscheinlich hatte man erst einen Daddel-Automaten leeren müssen.

Nachdem Stefanie gesättigt war, konnten wir Pläne für den heutigen Tag schmieden, er hatte ja gerade erst begonnen – u(h)rologisch gesehen! Praktisch setzte bei mir allmählich Müdigkeit ein, immerhin waren wir morgens um halb fünf aufgestanden, also seit fast zwölf Stunden auf den Beinen und würden noch mindestens acht weitere auf denselben bleiben müssen, sonst kriegen wir den Jetlag nie raus – aber was sollte es, unsere reisefreudigen Politiker schaffen das auch, und die müssen gleich nach ihrer Ankunft bedeutungsvolle Gespräche führen, während wir nur besichtigen wollten.

Vorhin hatte ich es gar nicht wahrgenommen, aber jetzt merkte ich, dass es draußen lausig kalt war, mindestens zehn Grad minus. Und ich hatte nur einen leichten Mantel mit und im Koffer Blusen und dünne Pullover. »Hattest du mir nicht etwas erzählt von frühlingshaften Temperaturen in New York und dem warmen Wind, der von den Appalachen kommen sollte, wo immer die auch sind?«, blaffte ich Stefanie an. »Wo bleiben denn die lauen Lüftchen? Ich friere nämlich!«

»Was kann ich denn dafür? Ich hab's aus dem Internet, aber wahrscheinlich würfeln die ihre täglichen Wetterprognosen aus …«

Also trotteten wir schweigend die Seventh Avenue entlang, bis wir Macy's wieder entdeckten, ein großes Kaufhaus, in dem es herrlich warm war. Allmählich tauten wir auf, wagten uns erneut in die Kälte, und wenn wir uns kurz vor dem nächsten Erstarren befanden, bummelten wir zwecks Erwärmung durch das Empire State Building oder den Trump Tower und fragten uns gelegentlich, wer um alles in der Welt 26 000 Dollar für einen Ring ausgeben würde, der nur aus einem einzigen blassblauen Stein besteht und richtig hässlich aussieht, und wozu man die vielen Stretchlimousinen braucht; sind als Privatwagen doch viel zu unpraktisch, passen auf keinen Parkplatz, und bestimmt nicht jeder Besitzer hat fünf Kinder, zwei Nurses und einen Bernhardiner, die allesamt vom Chauffeur in den Central

Park gebracht und auch wieder abgeholt werden. Wozu also muss man solch einen Riesenschlitten haben? Bloß fürs Prestige?

»Wolltest du nicht zum Rockefeller Center?« Immerhin war doch das der eigentliche Grund unserer Reise, aber bisher hatte Steffi um dieses Areal einen großen Bogen geschlagen. »Was ist denn nun mit deinem Weihnachtsbaum? Ich denke, deshalb sind wir überhaupt hier?«

Inzwischen hatten wir schon Tiffany besichtigt, erst von außen und dann sogar von innen, man kann da wirklich rein, ohne dass einem sofort ein Mitarbeiter am Absatz hängt und fragt, was er Madam zeigen darf. Und wir waren auch in diesem fünf Etagen umfassenden Spielwarengeschäft gewesen, in dem es vom einfachen Gummiball bis zu lebensgroßen Teddybären mit Batterieantrieb alles gibt, was man sich eigentlich *nicht* vorstellen kann. Bewundert habe ich nur die Verkäuferinnen im obersten Stockwerk! Ich würde schon einen Schreikrampf kriegen, wenn ich nur eine Stunde auf dieser himbeereisfarbenen Etage verbringen müsste, geschweige denn einen ganzen Tag. Puppen ohne Ende, rosa Wände, rosa Regale, rosa Stühle für genervte Mütter, sogar einen rosa Elefanten zum Draufsitzen gab es und natürlich Puppenhäuser mit – nein, keine rosa Möbel, aber wenigstens rosa Tapeten. Und dazwischen brüllende Kinder, heulende Kinder, kreischende Kinder und solche, die sich strampelnd auf dem Boden wälzten, weil Mummy nicht das Puppenbett mit dem rosa Rüschenhimmel kaufen will oder den durchsichtigen Karton mit den sechs Abendkleidern für Barbie. Ein Albtraum!

Wieder auf der Madison Avenue wollte ich wissen, wann

zum Kuckuck wir nun endlich diesen dämlichen Weihnachtsbaum begucken würden.

»Ist doch noch viel zu hell«, sagte Stefanie, »jetzt wirkt der überhaupt nicht. Erst muss es richtig dunkel sein!«

»Das dauert aber noch mindestens zwei Stunden!«

»Die kriegen wir auch noch rum!«

Haben wir sogar! In einem Kino! Wie der Film hieß, weiß ich nicht mehr, wovon er handelte, erst recht nicht, ich bin nämlich sehr schnell eingeschlafen, und Stefanie konnte mir den Inhalt später auch nicht erzählen …

Beinahe wären wir daran vorbeigelaufen, weil auf der gegenüberliegenden Straßenseite berittene Polizei mit Passanten in Streit geraten war; hoch zu Ross kennt man sie bei uns gar nicht, allenfalls bei Demonstrationen oder bei der Love Parade, aber hier war doch alles friedlich, nur eben ziemlich voll. Daheim wären die Schaufensterbeleuchtungen längst auf Nachtfunzel umgestellt, die Ladentüren verrammelt, und potenzielle Kunden säßen zu Hause und gucken CSI. Hier waren aber sämtliche Geschäfte noch geöffnet – und das kurz vor halb neun!

Plötzlich hinter mir eine weibliche Stimme: »Oh darling, look at this wondervoll tree! Isn't it marvellous? It looks so splendid, so magnificent …«

Also drehte ich mich auch um, und da stand sie nun wirklich, diese berühmte Tanne, und sah viel kleiner aus als auf dem Bildschirm. Steffi hatte sie noch gar nicht entdeckt, sie stand mit dem Rücken zum Baum und streichelte ein Polizeipferd.

»Stefanie! Um-dre-hen!!!«

Sie tat es, sah das Ziel ihrer Wünsche, dahinter das hell erleuchtete Rockefeller Center und meinte etwas enttäuscht: »Ich hab mir den Baum eigentlich imposanter vorgestellt, irgendwie bombastischer. Aber trotzdem hat er was, ich weiß bloß noch nicht, was genau!«

»Zum Beispiel viele Glühbirnen!«, half ich ihr auf die Sprünge.

»Das ja, und eine vorbildliche Haltung. Komm, lass uns mal rübergehen!«

Von nahem sah er natürlich viel größer aus und nicht mehr ganz so schön, ist ja nichts Neues, fünf Meter vom Spiegel entfernt gefalle ich mir auch besser als anderthalb Meter davor, doch nachdem Stefanie den Baum von oben bis unten gemustert hatte, wollte sie lieber in das dahinter stehende Hochhaus und Schaufenster begucken. »Da waren wir ja noch überhaupt nicht drin, außerdem isses da warm, und hier kommen wir bestimmt noch ein paar Mal her, der Baum läuft ja nicht weg.«

Was sie eine halbe Stunde später bewogen hatte, ihr Abendessen auf der Straße einzunehmen, weiß ich nicht, muss wohl ansteckend gewesen sein, denn jeder fünfte Passant hatte eine McDonald's-Tüte in der Hand und jeder Zweite kaute auf irgendetwas herum. Zu Hause hätte sie niemals diese fette Wurst gegessen!

Kurz vor halb zehn – amerikanische Zeit, daheim war's bereits lange nach Mitternacht – lagen wir in unseren Betten, und ich stellte mit Erleichterung fest, dass zumindest die Matratzen keine 70 Jahre alt waren …

Mittwoch: aufgewacht um sechs Uhr morgens! Muss krank sein, ist doch noch viel zu früh! Zweites Auge geöffnet, Soldatenspind erblickt – alles klar! Wir waren in New York, es war noch dunkel draußen, leider, denn ohne den Winter wären die Tage länger und die Unterhosen kürzer, und überhaupt musste ich endlich amerikanisch denken. Zu Hause würde ich jetzt nämlich aufstehen, in der Küche auf ein Knöpfchen drücken, und wenig später würde aus dem Automat schöner heißer Kaffee in die Tasse sprudeln. Hier konnte ich nicht mal welchen bestellen, Zimmerservice hatten sie nicht, und Frühstück gab es irgendwo unten, ging aber separat und war im Verhältnis zu unserer spartanischen Unterkunft viel zu teuer. Ich hatte ja gleich bemängelt, dass Hannes uns nicht im Waldorf Astoria einquartiert hat ...

Die Dusche röhrte wie ein brünstiger Hirsch und spendete schönes heißes Wasser, weckte aber auch Stefanie auf und sogar unsere Zimmernachbarn; die Wände waren relativ dünn, und Italiener, die sich leise unterhalten, gibt es nicht.

Weshalb hatte ich bloß keine dickeren Pullover mitgenommen? Draußen sah es aus, als wäre es noch kälter als am Tag zuvor! Hand raushalten ging nicht, Fenster ließen sich nicht öffnen, es könnte ja jemand runterfallen. Zwei Pullis übereinander ging aber auch nicht, dann sähe ich aus wie das Michelin-Männchen.

Während Stefanie sich fertig machte, blätterte ich im Reiseführer. Unter Berücksichtigung der Außentemperatur entfielen sowohl eine Bootstour nach Ellis Island und dann rüber zu Lady Liberty als auch eine Kutschfahrt durch den Central Park. Ein Spaziergang über die Booklyn Bridge verbat sich dem gleichen Grund, viel zu stürmisch und der East River viel zu kalt. Durch Soho bummelt man abends, und Harlem musste nicht unbedingt sein, ist nie ganz ungefährlich, außerdem waren wir da schon mal, wenn auch unfreiwillig.

New York bei Dauerfrost ist wirklich nicht das Wahre – jedenfalls dann nicht, wenn man die meisten jener Sehenswürdigkeiten schon besichtigt hat, in denen man sich jetzt hätte aufwärmen können.

Wir waren ja nicht zum ersten Mal in dieser faszinierenden Stadt, nur hatten wir uns vor zwei Jahren einen Frühlingsmonat mit schon richtig lauen Abenden ausgesucht, und beim allerersten Besuch – noch im vergangenen Jahrhundert! – war Hochsommer gewesen, und am nachhaltigsten ist mir das Röhren der überall auf vollen Touren laufenden Klima-Anlagen in Erinnerung geblieben. Aber natürlich auch ein Abend im Central Park mit Feuerwerk und Bötchenfahren auf dem See, der Hubschrauber-Rundflug durch die Hochhausschluchten (nie wieder!), ein bisschen Kultur war auch dabei gewesen, das Naturhistorische Museum wegen Hannes und das *Museum Of Modern Art*, weil ich da reinwollte. Könnte man eigentlich noch mal besuchen, alles gesehen hatten wir damals ohnehin nicht, ging ja gar nicht, dazu braucht man viel mehr Zeit, und warm ist es dort ganz bestimmt. »Was hältst du von einem Museumsbesuch, Steffi?«

»Gar nichts!«, kam es prompt zurück. »Die haben wir auch zu Hause genug!«

»Aber nicht das *Museum Of Modern Art.*«

»Da waren wir doch schon mal drin!« Frisch gestylt kam sie aus dem Bad. »Weißt du, Määm, was mich an diesen ganz modernen Bildern immer am meisten erstaunt? Dass die Maler wissen, wann sie damit fertig sind. Können wir gehen? Ich habe nämlich Hunger!«

Kulturbanausin! Aber wenigstens etwas war klar: Museum fällt flach. Offenbar hatten wir diesmal einen angesagten Coffeeshop gefunden, denn er war gut besucht, es war warm, und es roch verführerisch nach frischem Backwerk. Der Kaffee war auch viel besser als diese Brühe von gestern, man muss eben die richtigen Lokalitäten kennen, und hinterher sieht die Welt wesentlich freundlicher aus. Jetzt müsste nur noch das Thermometer zehn Grad steigen, aber den Gefallen tat es mir nicht, es war im Gegenteil noch weiter gesunken.

»Was hältst du von einer Stadtrundfahrt?« Stefanie hatte sich in den Reiseführer vertieft. »Die Busse sind sicher geheizt, und etwas mehr als den Times Square mit ein paar 100 Quadratmeter Drumherum sollten wir dann doch gesehen haben.«

Während ich zahlte – »Don't you have a credit card?« –, holte Stefanie beim Türsteher die nötigen Informationen ein und brachte uns zielsicher dorthin, wo die Busse abfahren sollten. Der nächste in zwei Stunden.

»Also gut, bummeln wir noch mal durch Macy's, da ist es warm, die restrooms sind richtig anheimelnd, was man von deutschen Kaufhaustoiletten nicht gerade behaupten kann, und vielleicht finden wir sogar ein paar Mitbringsel für die Daheimgebliebenen.«

»Und die schleppst du dann den ganzen Tag mit dir herum?«

Kluge Töchter haben manchmal richtig kluge Gedanken!

Kaufhäuser sind doch fast alle nach dem gleichen Prinzip ausgestattet, und danach befindet sich im Erdgeschoss neben einer Menge Kram und Krempel auch häufig der Jahreszeit angepasste Oberbekleidung, bei der die Größe der Preisschilder schon von weitem sogenannte Schnäppchen signalisieren, im Gegensatz zu den anderen Textilien mit jenen kleinen dezenten Schildchen, die man häufig erst suchen muss; die wiederum hängen meist von der dritten Etage an aufwärts ordentlich auf Bügeln und werden von Kameras bewacht. Aber wer klaut denn schon einen Mohairmantel, an dem ein halbes Pfund Sicherheitsetiketten hängen?

Wir kauften ein paar Ansichtskarten, muss man ja immer verschicken an die Nachbarin zum Dank fürs Blumengießen oder Briefkastenleeren, und seitdem die Enkel lesen können, wollen sie auch eine haben.

Stefanie suchte einen Lippenstift, hatte die Wahl zwischen nur 27 Rottönen, konnte sich aber für keinen entscheiden, und dann setzten wir uns auf ein grün-braunviolett kariertes Zweiersofa, das vermutlich niemals einen Käufer gefunden hatte und nun der Allgemeinheit zur Verfügung stand einschließlich Sicht auf ein Sortiment farbenfreudiger Jacken nebst potenzieller Kundinnen, die – sobald sie eines dieser unförmigen Kleidungsstücke angezogen hatten – wie diese kugelrunden Stehaufmännchen aussahen und sich nach einem Blick in den Spiegel schnell wieder von der Jacke trennten. Dabei entsprachen sie durchaus der New Yorker Damenmode, im Winter sieht man sie überall auf den Straßen, und in etwas gedeckteren Farben ist auch gar nichts dagegen zu sagen, aber wer trägt schon freiwillig Violett mit Orange oder dunkles Pink mit himmelblauem Kragen?

Irgendwann wechselten wir in den Erfrischungsraum, tranken zur Abwechslung mal Tee, und dann meinte Stefanie, nun sollten wir langsam zum Bus gehen. Er stand auch schon da, zwei Leute saßen bereits drin, und dass es ziemlich kalt war, lag bestimmt nur an der offenen Tür. Es wurde aber auch nicht viel wärmer, als der Fahrer mit zehnminütiger Verspätung auf seinen Sitz kletterte, dreimal ins Mikrofon pustete – doch, er war gut zu verstehen! – und uns in einer Mischung aus Englisch und Spanisch erklärte, dass er jetzt den zweiten Halt anfahren werde, und wenn dort nicht noch mindestens sechs Passagiere zusteigen würden, dann müsse er auf die nächste fahrplanmäßige Tour warten, die starte um 15 Uhr. God bless America!

Wir hatten aber Glück. Eine japanische Reisegruppe füllte den Bus bis auf den letzten Platz, und weil sie ihren eigenen Fremdenführer mitgebracht hatte, bekamen wir die Auflistung der erwähnenswerten Bauwerke nebst den üblichen Informationen gleich in zwei Sprachen zu hören, einmal auf Japanisch und das zweite Mal – vom Busfahrer – in einem englisch-spanischen Gemisch, manchmal auch beide zusammen, dann allerdings blieb der Japaner auf der Strecke, er war trotz Mikrofon einfach zu leise.

Im Übrigen haben wir sowieso nicht allzu viel Neues gesehen, weil wir die meisten City-Sehenswürdigkeiten schon kannten und die anderen unsichtbar blieben. Wegen Nebel. Sobald wir das absolute Zentrum hinter uns gelassen hatten, waberten die ersten Nebelschwaden durch die Luft, je mehr wir uns irgendwo dem Wasser näherten, desto dichter wurde der Nebel, und am Meer war dann sowieso Schluss!

»There you can see in the water on the isla the libertad lady.« Der Fahrer hatte angehalten und deutete mit der Hand irgendwo ins Graue, hinter dem wir wohl die Freiheitsstatue hätten sehen können, wenn sie denn zu sehen gewesen wäre. Und das, was wir innerstädtisch besichtigten, war uns bereits hinlänglich bekannt.

»Jetzt haben wir dieses Weibsbild noch immer nicht gesehen!«, grummelte Stefanie, als wir zwecks gründlicher Erwärmung den nächstgelegenen Coffeeshop ansteuerten. Obwohl es im Bus warm hätte sein sollen, hatte ich jämmerlich gefroren; fotografierende Japaner brauchen nun mal offene Türen und sehr viel Zeit. Wenn nämlich 22 Leute die Metropolitan Opera knipsen wollen und hinter dem Einstieg vom Bus immer nur drei Leute nebeneinander Platz haben, dann dauert der Aufenthalt schon mal acht bis zehn Minuten. Dafür lässt man dann Ground Zero aus, dorthin laufen die meisten Touristen sowieso.

»Welches Weibsbild meinst du denn?«

»Na, wen wohl?«, murmelte Stefanie. »Die Grünspan-Lady natürlich. Oder heißt das bei so weltbekannten Denkmälern Patina?«

»...male!«

»Wie male?«

»Das heißt Denkmale!«

»Seit der Rechtschreibreform kann man auch Denkmäler sagen!«

»Klingt ziemlich verkehrt.«

»Ist aber richtig.«

Weshalb wir an jenem Abend noch mal ins Kino gegangen sind, weiß ich nicht mehr genau, ich glaube, für die Veranstaltung im Madison Square Garden gab's keine Karten mehr, fürs Theater hatten wir keine angemessene Garderobe, aber im Kino ist es wenigstens warm, und solange man nicht schnarcht, fällt es gar nicht auf, wenn man zwischendurch mal ein bisschen schläft.

Auf dem Weg zum Hotel haben wir noch mal den Weihnachtsbaum besucht. Er hat ja wirklich was!

Donnerstag: Begann etwas hektisch! Stefanie hatte ihre Haare gewaschen, suchte verzweifelt Strom für den mitgebrachten Föhn, im Bad war nämlich keiner, nur eine kaputte Steckdose, im Zimmer gab es noch eine, allerdings hinter dem Bett. Bis dahin reichte aber die Strippe nicht, blieb also nur bäuchlings auf den Boden legen, ziemlich unbequem, und als ich meine Tochter endlich trocken geföhnt hatte, war mir und vor allem ihr klar, weshalb Friseurinnen drei Jahre Lehrzeit brauchen.

Ursprünglich hatte ich ja auch gewollt, aber nun wollte ich nicht mehr, übermorgen würden wir sowieso wieder nach Hause fliegen, und am Montag könnte ich gleich zu Friederike gehen. Doch, die heißt wirklich so, ihr Salon auch, dabei ist sie grade mal knapp über 30.

»Was hältst du von einer Schiffchenfahrt, Määm?« Steffi kaute genüsslich auf ihrem Bagel, das sind diese Brötchen mit dem Loch in der Mitte, und zeigte auf ein Plakat an der Wand. Irgendwas mit Circle Line rund um Manhattan, dauert drei Stunden, und an der Lady kommen wir auch vorbei.

Weshalb eigentlich nicht? Der Himmel war blau, die Sonne schien, der Wind hatte auch nachgelassen, und dass man auf dem Kahn nicht draußen im Freien sitzen musste, konnte man wohl voraussetzen. Die 43rd Street, wo das Schiff an irgendeinem Pier abfahren sollte, war auch nicht allzu weit weg – also gingen wir Bötchen fahren!

Wir fanden auch alles auf Anhieb, sogar das richtige Boot, es füllte sich, ja, natürlich waren auch Japaner drauf, aber andere als gestern, und so ein Schiff kann ja nicht dauernd anhalten, damit die Herrschaften in Ruhe fotografieren können. Wir legten sogar pünktlich ab, aber kaum waren wir aus dem Windschatten der Häuser heraus, wurde es windig. Und kalt! Sogar sehr kalt!

Vor allem dann, wenn die Raucher rausmussten oder zurückkamen. Tür auf, Kälte rein, Tür zu, das Innere des Schiffchens erwärmte sich etwas, der nächste Raucher ging raus, Tür auf, Kälte rein … Das Verhältnis Raucher zu Nichtraucher fiel – erstaunlicherweise! – zugunsten der Raucher aus, sie waren definitiv in der Überzahl und beschlossen die Ausweisung der Nichtraucher aufs Vordeck. Zwei ältere Herrschaften, Landsleute aus Mecklenburg und der englischen Sprache kaum mächtig, kriegten nur die Hälfte mit und wollten sofort an Land gebracht werden, draußen sei es zu kalt. Stefanie beruhigte sie, es handele sich lediglich um ein Beispiel amerikanischen Humors. Sie lachten trotzdem nicht.

Zum Glück gab es auf dem Kahn Bewirtung – kalte und warme. Steffi bestellte zweimal Tee, und der war richtig schön heiß. Tür auf – Tür zu. Der erste Raucher geht nach draußen. Tür auf – Tür zu. Der zweite Raucher folgt. Tür auf – Tür zu, der dritte … Tür auf – Tür zu. Der erste Raucher kommt wieder zurück …

Der Kellner mit dem Teenachschub – während der letzten Stunde sogar mit hochprozentiger Beigabe – musste zum Glück nicht auch noch durch die Tür, der kam immer aus den Tiefen des Kahns nach oben und dürfte während der dreistündigen Fahrt annähernd den Feldberg bestiegen haben. Wir waren ja nicht die einzigen Teetrinker.

Stefanie war auch einmal draußen, als nämlich unser Dampferchen ziemlich dicht an der Lady Liberty vorbeizog und sogar anhielt, damit die ganzen Amateurfotografen zum Schuss kommen konnten. Man kriegt sie aber auch koloriert als Postkarte! Die Lady natürlich, nicht die Fotografen!

Nach exakt drei Stunden und elf Minuten waren wir wieder zurück, gut durchgekühlt, aber auch gut informiert über die architektonischen, historischen und kulturellen Besonderheiten so ziemlich aller Bauwerke, an denen wir vorbeigefahren waren. Für heute hatten wir genug gelernt.

Auch Stefanie plädierte für einen Rückzug ins Hotel und ein Stündchen Bettruhe – nur zum Aufwärmen. Es wurden sogar drei, und dann reichte unsere Energie gerade noch für einen Bummel zum Rockefeller Center zwecks Begutachtung des Weihnachtsbaumes und einer Runde Schlittschuhlaufen auf der daneben befindlichen Eisbahn – ich nicht, nur Stefanie. Die sommerliche Variante ist mir allerdings sympathischer, da verwandelt sich die Eisbahn zurück in ein Café, und wenn man dort sitzt und die Passanten an sich vorbei schlendern lässt, kann man herrlich lästern! Manchmal ist sogar Prominenz dabei, Brad Pitt zum Beispiel oder sogar Hermine Scholz ... ja, ich weiß, die kennt nicht jeder, aber hier bei uns leitet sie den gemischten Chor und die Handarbeitsgruppe vom Frauenverein, hierorts ist sie wirklich bekannt.

Das Abendessen, serviert in Pappschachteln auf einem Plastiktablett, nahmen wir an einem Holztisch ohne Sets oder Decke ein – eine mir wirklich noch unbekannte Variante des Restaurantessens, aber man wurde satt, und unsere Altvorderen aus dem frühen Mittelalter haben ihr Huhn auch noch aus der Hand gegessen ...

Freitag: »Also, was müssen wir noch unbedingt besichtigen, kaufen, erkunden oder sonst wie erledigen? Morgen haben wir keine Zeit mehr dafür.«

Wir saßen wieder in unserem angesagten Coffeeshop, wo der Kaffee wirklich nach Kaffee schmeckte und die Bagels ganz frisch waren; die hiesigen Bäcker sollten sie nach Deutschland exportieren oder wenigstens das Rezept rausrücken, sie würden unsere zum Teil doch etwas langweiligen Brötchen um Längen schlagen.

Stefanie wollte noch ein Mitbringsel für Hannes kaufen, allerdings wusste sie weder, was es sein sollte noch wofür, und falls ja, ob man es überhaupt einführen darf. Lebensmittel darf man nämlich nicht, deshalb hatte sie nach dem Sommerurlaub das halbe Dutzend Gewürzpasten aus Thailand in benutzten T-Shirts reingeschmuggelt …

Hannes ist Fußballfan beziehungsweise ist es gewesen, solange seine 1860er in der Ersten Bundesliga gespielt haben; inzwischen sind sie abgestiegen, die Wahrscheinlichkeit einer Rückkehr in die Welt der Großen ist ziemlich aussichtslos. Doch nun gibt es ja die neue SAP Arena, Eishockey ist ein schnelles Spiel, und die *Mannheimer Adler* stehen ganz oben an der Tabellenspitze! Endlich wieder eine Truppe, für die Man(n) sich heiser schreien kann! (Wie ist das noch mal mit dem Unterschied zwischen Männern und Käse? – Richtig! Der Käse reift!)

Für Fußballfans findet sich immer etwas Passendes vom favorisierten Verein, die Eishockey-Clubs hinken da noch ziemlich hinterher.

Ein passendes Souvenir haben wir dann doch noch entdeckt, nämlich das Empire State Building als Weißbierglas – äußerst geschmackvoll und zurzeit noch das Highlight in Hannes' Sammlung, denn es hat den Berliner Funkturm getoppt.

So ein letzter Tag vor der Rückkehr nach Hause ist grundsätzlich kürzer als alle vorangegangenen Tage. Man kann sich nichts Größeres mehr vornehmen, weil die Zeit zu knapp wird, man muss noch seinen Koffer packen, obwohl das diesmal wirklich nur zehn Minuten dauerte, man verabschiedet sich im Coffeeshop vom Kellner, es war tatsächlich drei Tage lang derselbe gewesen. Natürlich mussten wir auch noch mal zum Weihnachtsbaum, und zum Abendessen wollten wir nach Chinatown, sollte man da einen Tisch bestellen? Wohl eher nicht, meinte Steffi, da gäbe es doch so viele Restaurants, vom Take-away bis zum angesagten Luxusschuppen – beides wollten wir nicht, und überhaupt sollte man dorthin gehen, wo viele Menschen sind, wenn nämlich das Essen dort nicht gut wäre, dann kämen sie ja nicht.

Genau darauf hatte ich mich auch mal verlassen. Bis ich feststellen musste, dass in jenem Düsseldorfer Restaurant die Belegschaft eines Zeitschriftenverlags ihr Mittagessen einnahm – im Abonnement!

Also gut, noch ein letztes Mal die Fifth Avenue rauf, der Weihnachtsbaum sah bereits etwas lädiert aus, Steffi nahm sogar ein abgeknicktes Zweiglein mit als Souvenir, zum Aufwärmen dann noch einmal Spielwaren begucken bei Schwarz, beim ersten Mal hatte man sowieso nicht alles bestaunen können, die rosa Etage wurde allerdings diesmal ausgespart, und dann die Sixth Avenue wieder runter bis zu Macy's und dem karierten Sofa. Und als wir auf die immer noch gut gefüllten Ständer mit den bunten Daunenjacken starrten, prustete Steffi plötzlich los: »Was sind – hihihi – sind wir doch für – hihihi – ausgemachte Trottel – hahaha! Da frieren wir uns – hihihi – den A...llerwertesten ab, weil wir zu dünn angezogen sind, pilgern zigmal zum Aufwärmen durch irgendwelche Einkaufszentren ... aber wir kommen nicht auf den naheliegenden Gedanken, zwei von diesen Jacken zu kaufen!!! Die kosten weniger als das, was wir in den letzten Tagen in Coffeeshops und Teestuben ausgegeben haben.«

Natürlich hatte sie recht, aber »die sind doch so hässlich«!

»Ist doch wurscht! Kein Mensch kennt uns hier, außerdem rennt jede Dritte mit so einem aufgeplusterten Teil herum, da sind wir in unserem spätsommerlichen Outfit doch viel mehr aufgefallen! Wie konnten wir bloß so dämlich sein und nicht auf das Nächstliegende kommen!?«

»Weshalb redest du in der Mehrzahl?«

»Weil du noch mehr gefroren hast als ich!«

Sie hatte dreimal recht! Natürlich zeichneten sich diese Jacken durch besonders grelle Bonbonfarben aus, aber wen – außer mich selbst – hätte es denn gestört, wäre ich als giftgrünes oder eidottergelbes Michelin-Frauchen durch die Straßen gezogen? Ich hätte mich lediglich der Mehrzahl aller weiblichen Passanten angepasst. Wieder zu Hause, hätte ich das Teil bei der Kleiderkammer vom Roten Kreuz abgeliefert und sogar noch eine gute Tat getan! Und das alles für 24 Dollar und 99 Cent!

Aber jetzt lohnte der Kauf nun wirklich nicht mehr, bis zum Hotel waren es lediglich ein paar 100 Meter, und nach Chinatown würden wir ein Taxi nehmen.

Nun unterliegt diese Art der Personenbeförderung bestimmten Regeln, von denen wir erstens nicht wussten, dass es sie gibt, und mit denen wir – zweitens – natürlich nicht vertraut waren. Taxis, volle und leere, fahren unentwegt die Straßen rauf und runter, und wenn man eins braucht und ein leeres sieht, winkt man, das Taxi hält, man steigt ein, sagt, wohin man will, und damit hat sich's.

Hatten wir ja oft genug beobachtet, und genau das haben wir auch probiert, nur hatte jedes Mal, wenn wir das Fahrtziel genannt haben, der Fahrer abgewinkt und war weitergefahren.

»Ob sich die Fahrt nicht lohnt, weil sie zu kurz ist?«, grübelte Stefanie. »Oder vielleicht mag er keine Germans ...«

Endlich erbarmte sich ein netter New Yorker, der uns wohl schon eine Zeitlang beobachtet hatte, und klärte uns auf. Die breiten Avenues haben in der Regel vier Fahrspuren, zwei in jede Richtung, und wenn man ein Taxi braucht, muss man sich in Fahrtrichtung aufstellen, was wiederum Ortskenntnis voraussetzt; aber woher soll ein deutscher 4-Tage-Tourist wissen, dass Chinatown in der Lower East Side liegt und in welcher Richtung man sie zu suchen hat, wenn die Sonne nicht mehr scheint?

Wir hatten die ganze Zeit in der falschen Richtung gestanden, mussten zurück zur nächsten Ampel, dort rüber auf die andere Straßenseite, und dann hatten wir auch sehr schnell ein Taxi, diesmal mit einem mexikanischen Fahrer, der uns an irgendeiner Straßenecke raussetzte. Von hier aus würden wir ein chinesisches Restaurant neben dem anderen finden. Das stimmte, denn es gab drei Stück, und keins sah besonders einladend aus.

»Umkehren?« Fragend sah ich Stefanie an.

»Von wegen! Ich bin heute auf chinesische Küche programmiert, und irgendwo werden wir auch noch ein vernünftiges Lokal finden.«

Fanden wir ja auch. Es gab sogar einen äußerst beflissenen Kellner mit guten Deutschkenntnissen, der uns die chinesische Speisekarte übersetzte und die Abbildungen erklärte.

Der Dialog lief dann ungefähr so ab:

Kellner: »Ist alles auf Karte von Ente.«

Steffi tippte auf ein Foto, auf dem eine Art paniertes Roggenbrötchen zu sehen ist. »Was ist das?«

Kellner: »Ist Brust von Ente.«

Steffi: »Und das darunter?«

Kellner: »Muss sein Bein von Ente, hat aber zwei, gibt auch zwei auf Teller.«

Steffi: »Und was ist dieses Zusammengerollte?«

Kellner: »Ist Haut von Ente – gebacken ist sehr gut.«

Nachdem so ziemlich die gesamte Anatomie der Ente durch war, fiel Stefanie ein etwas verwischtes Foto auf, das definitiv ein Huhn zeigte. »Das ist aber keine Ente!«

Darauf der Kellner nach kurzem Zögern: »Nein, ist Freundin von Ente.«

Es wurde ein interessanter Abend mit einem sehr guten Essen in Gesellschaft eines Ehepaares aus Osnabrück mit hiesiger Zweitwohnung, das am Nebentisch gesessen und amüsiert den Dialog zwischen Stefanie und dem chinesischen Kellner verfolgt hatte.

»Das bringt Chang jedes Mal, wenn er deutsche Gäste hat«, sagte Herr Böhm, denn als solcher hatte er sich bekannt gemacht, »aber vorher wettet er mit seinen Kollegen, ob er Ärger kriegt mit dem Gast oder nicht.«

»Und der Besitzer dieses Restaurants macht da so einfach mit?«, wunderte ich mich.

»Chang ist der Besitzer!«

Es war fast Mitternacht, als wir uns auf den Weg zum Hotel machten – wir nahmen natürlich wieder ein Taxi, sonst wären wir noch am Morgen irgendwo durch die Straßen und

Gassen von Chinatown geirrt, und um diese Zeit sollten wir längst am Flugplatz sein.

»Lohnt es sich überhaupt noch, ins Bett zu gehen?« Stefanie lag halb unter demselben und fahndete nach dem roten Quietscheball, Mitbringsel für Charlie. »Um vier Uhr müssen wir eh wieder raus! Wir können doch im Flieger schlafen.«

Sie kann das, ich nicht! Aber da ihr auch keine Alternative einfiel, lagen wir ein paar Minuten später doch in der geflammten Birke und wurden vier Stunden später gleich doppelt geweckt – einmal durch die thailändische Nationalhymne auf Stefanies Wecker, hat sie seit dem letzten Urlaub drauf, könnte allmählich mal gewechselt werden, und ein zweites Mal durchs Telefon. »Good morning, this is your wake-up call!«

Der Rest war Routine. Alles in den Koffer stopfen, was noch herumliegt, letzter Blick durchs Zimmer, Handtaschenkontrolle, Pass und Geldbeutel sind drin, Tickets hat Stefanie ... okay, let's go!

An der Rezeption wartete schon der Taxifahrer, diesmal war es ein Farbiger, der besser Französisch sprach als Englisch, nur ist bei mir nicht mehr viel hängen geblieben, die Schulzeit liegt etliche Jahrzehnte zurück, und Schüleraustausch hat's damals sowieso noch nicht gegeben – aber der Mann wusste, wohin wir wollten, und lud uns nach 40 Minuten vor dem Terminal ab.

Pünktlich um 6 Uhr 15 ging der Flieger hoch, wenig später war es 11 Uhr 30, wir hatten die Uhren wieder umgestellt, und dann gab es auch bald Mittagessen, obwohl mein Magen gegen Gulasch mit Nudeln revoltierte und nach

Kaffee und Bagel verlangte. Steffi schlief bereits, sie kann das in so ziemlich jeder Lebenslage, doch etwas später gelang mir das auch. Über dem Atlantik schien noch die Sonne, aber als wir gegen halb sechs in Frankfurt landeten, war es schon wieder stockdunkel. Wieso hatte ich geglaubt, inzwischen müsste sich hier alles geändert haben, vor allem die Jahreszeit? Wenigstens war es acht Grad wärmer als in New York, und wenn die hier überall präsenten Weihnachtsbäume auch nicht mit dem großen Bruder am Rockefeller Center konkurrieren konnten, so sahen sie eigentlich viel hübscher aus.

Am originellsten war aber der von Hannes. In einer Hand die Leine mit einem sich vor Freude beinahe selbst erwürgenden weißen Fellbündel vorne dran, in der anderen ein Miniatur-Tannenbäumchen, stand er vor jener Tür, durch die man endlich entlassen wird, nachdem man zwei Kilometer Fußmarsch einschließlich Passkontrolle, Kofferausgabe und Zollfahnder hinter sich hat. Vor der naturgemäß etwas stürmisch ausfallenden Begrüßung von Ehemann und Ehefrau plus Hund bekam ich das Weihnachtsbäumchen in die Hand gedrückt und sah erst jetzt, dass der von den Zweiglein hängende Schmuck aus lauter in Zellophan gewickelten 2-Euro-Münzen bestand.

Gute Idee, denn Steffi befand sich in jenem Zustand, den man schlicht und einfach »pleite« nennt. New York gehört wirklich nicht zu den preiswertesten Metropolen dieser Welt, und wenn man dann auch noch das Weihnachtsgeschenk für den Ehemann bei … nein, das lassen wir lieber, er soll ja gar nicht wissen, *wo* sie es gekauft hat!

Die Weihnachtsfrau

»Wo kriege ich einen Nebenjob her?« Heike schleuderte ihre Tasche auf den einzigen Stuhl, der noch nicht mit ausschließlich männlichen Kleidungsstücken belegt war, und ließ sich auf das Sofa fallen. »Ich brauche dringend Geld.«

»Wer braucht das nicht?«, murmelte Henning, rückte ein Stück zur Seite und kaute weiter an seinem Kugelschreiber. »Weißt du einen Nebenfluss vom Amazonas mit fünf Buchstaben?«

»Muss ich das?!« Sie warf ihrem Bruder einen wütenden Blick zu. »Hast du eigentlich nichts Besseres zu tun, als dämliche Kreuzworträtsel zu lösen?«

»Das ist eine äußerst bildende Tätigkeit! Oder hättest du gewusst, dass es der Rio Negro ist?« Er faltete aber doch die Zeitschrift zusammen und stand auf. »Hast du Milch mitgebracht? Die im Kühlschrank ist nämlich sauer!«

»Ich inzwischen auch!«, fauchte sie zurück. »Erstens bist du in dieser Woche mit Einkaufen dran, und zweitens esse ich morgens kein Müsli, also brauche ich auch keine Milch.« Und mit einem Blick auf die herumliegenden Garderobenteile: »Wenn du heute nicht endlich deine Klamotten wegräumst, stopfe ich sie in die Mülltonne!«

»Die muss ich doch erst bügeln«, verteidigte er sich kleinlaut, »und die Milch konnte ich nicht kaufen, weil ich restlos pleite bin. Kannst du mir bis zum nächsten Ersten noch mal 50 Mäuse pumpen?« Mit seinem bewährten Dackelaugen-Blick kniete Henning vor ihr nieder. »Ich bin doch nur ein armer Pädagogikstudent im siebten Semester, lebe von BAföG und dem bescheidenen elterlichen Zuschuss, während du bei deinem Anwalt nicht gerade unterbezahlt bist. Ich will das Geld ja gar nicht geschenkt haben, das kriegst du alles wieder, wenn …«

»… du mal als Pauker vor einer Klasse stehst und vergebens versuchst, pubertierenden Halbwüchsigen den Lehrsatz vom Pythagoras einzutrichtern.« Energisch schob Heike ihren Bruder von sich weg. »Das dauert mir aber zu lange! Ich brauche für mein Auto nämlich *jetzt* eine neue Batterie und aus zweiter Hand noch vier TÜV-verträgliche Winterreifen. Deshalb suche ich ja einen Nebenjob – abends oder am Wochenende. Hast du nicht eine Idee?«

Henning hatte keine. Zwar kellnerte er gelegentlich in einer Kneipe, doch das wäre nichts für seine Schwester, die war viel zu zart besaitet. »Warum gehst du nicht mal zu einer Jobvermittlung? In eurem Büroturm gibt's doch so einen Verein, jedenfalls habe ich das Schild gesehen, als ich dir letzte Woche Meier gegen Schulze hinterhergetragen habe – oder so ähnlich«, murmelte er vor sich hin. »Du weißt doch, die vergessene Akte … Ich hatte ja selber mit dem Gedanken gespielt, mich dort mal zu melden.«

»Und warum hast du nicht?«

Vorsichtshalber überhörte er diese Frage. Anderthalb Semester fehlten ihm noch, dann würde er sein Staatsexamen in der Tasche haben, sein Referendariat antreten, Geld verdienen und sich endlich eigene vier Wände leisten können. Nichts gegen Heike, sie war wirklich ein prima Kumpel trotz der fünf Jahre, die sie ihm voraus war, aber sie war auch eine Frau, die sich über Barthaare im Waschbecken aufregte, die richtig hysterisch wurde, wenn er abends seine Socken unterm Küchentisch hatte liegen lassen, und die tatsächlich verlangt hatte, den Topf mit der Cannabispflanze aus der Wohnung zu schaffen. Dabei sollte er die Pflanze nur pflegen, bis sein Freund Christof eine neue Bleibe gefunden hätte. Asyl hatte seine Schwester dem Chris glatt verweigert, obwohl es doch nur vorübergehend gewesen wäre, höchstens für ein paar Tage. »Er ist mein bester Freund«, hatte Henning argumentiert, »sein letztes Hemd würde er mir geben!«

»Ja, zum Waschen und Bügeln!«, hatte sie gesagt und die Tür hinter sich zugeknallt. Weshalb nur waren Frauen so wenig flexibel?

Zum ersten Mal las Heike bewusst die vielen Schilder im Foyer des Winklhuber-Turms – der Erbauer dieses hässlichen Betonspargels entstammte einer alteingesessenen Familie, nur hatte er die Fertigstellung nicht mehr erlebt, weshalb man aus Gründen der Pietät seinen Namen im Sockel des Bauwerks verewigt hatte – und fand tatsächlich einen Hinweis: *Job-Agentur Peter Greulich, Vermittlung von Schülern, Studenten o.ä. tage- und wochenweise.*

»Nomen est omen«, murmelte Heike, während sie sich vom Fahrstuhl in den vierten Stock baggern ließ, »aber das muss ja nicht immer stimmen.«

In dem relativ kleinen, holzgetäfelten Raum standen

außer der üblichen Sitzecke mit rundem Tisch nebst drei Sesselchen lediglich zwei Schreibtische; hinter dem ersten thronte eine weißblonde, ungemein tüchtig aussehende Frau unbestimmbaren Alters, das sich aus der Nähe als irgendwo zwischen 45 und 50 einordnen ließ, während der zweite Schreibtisch zwar komplett mit Schnellheftern voll gepackt war, dort aber niemand saß, der mal Ordnung in das Chaos hätte bringen können.

»Kann ich etwas für Sie tun?«

»Du ganz bestimmt nicht!«, wäre Heike beinahe herausgerutscht, denn der Blick, mit dem sie von oben bis unten gemustert wurde, sprach Bände. Trotzdem setzte sie sich unaufgefordert auf den Stuhl, der unmittelbar vor dem Schreibtisch stand. »Studentin bin ich zwar nicht mehr, sondern arbeite zwei Stockwerke höher in der Anwaltskanzlei Pfeiffer und May, bin aber aus familiären Gründen gezwungen, vorübergehend einen Nebenjob anzunehmen. Allerdings ginge das nur abends oder an den Wochenenden. Hätten Sie da irgendwas?«

»Nein!«, kam es prompt zurück.

»Doch!«, tönte es aus dem Hintergrund, und durch eine kaum sichtbare Tür betrat ein Mann den Raum, in dem Heike sofort jenen Beinahe-Doppelgänger von Robbie Williams erkannte, der ihr schon ein paar Mal im Fahrstuhl aufgefallen war. Sie fand es einfach ungerecht, wenn Männer so unverschämt gut aussahen. »Greulich«, stellte er sich vor, und sofort rutschte Heike ein »Stimmt doch gar nicht!« heraus. Dann riss sie sich zusammen. »Entschuldigung, aber Ihr Name erfordert geradezu eine Berichtigung. Ich heiße Heike Sommer und suche …«

»… vorübergehend einen Job, aber nur abends und an Wochenenden«, ergänzte er lächelnd den Satz, »meine Tür stand offen.« Dann musterte er sie von Kopf bis Fuß. »Wir suchen zwar in erster Linie Weihnachtsmänner, doch so ein Engel dazu wäre mal ein neuer Blickfang. Allerdings müssten Sie eine Perücke tragen, Engel haben nun mal blond zu sein und nicht kastanienbraun.«

Man nennt es tizianrot, dachte Heike, bevor sie sich dem jetzt viel wichtigeren Thema zuwandte: »Was hätte der Engel denn überhaupt zu tun?«

»Unten im Einkaufszentrum Prospekte an die Erwachsenen und Bonbons an die Kinder verteilen.«

»Das würde ich ja hinkriegen, aber schweben Engel auf Bildern nicht immer in hauchzarten Gewändern ein paar Meter über dem Boden? Wie soll das denn im wirklichen Leben funktionieren?«

»Weihnachtsengel sind erdverbunden!«, kam es prompt zurück.

Nur wenige Augenblicke brauchte Heike, um sich ihre vermutliche Kostümierung bildlich vorzustellen, dann lehnte sie ab. »Ich glaube, als Engel wäre ich eine absolute Fehlbesetzung! Abgesehen davon, dass ich mit Sicherheit gelegentlich erkannt würde und mir dann bis Ostern dämliche Sprüche anhören könnte, hätte ich in so einem Hemdchen nach längstens drei Stunden eine prima Erkältung! Draußen sind nämlich sechs Grad minus, und ein niesender Engel sähe wohl doch ein bisschen zu irdisch aus.«

»Wir haben auch gar kein passendes Kostüm«, tönte die Wasserstoffblonde hinter dem Schreibtisch, »und von wem wird denn überhaupt ein Engel verlangt? Die Gebrüder

Schlott und Co. wollen doch nur zwei Weihnachtsmänner haben für die Wochenenden vor Heiligabend, und zwar von elf bis 19 Uhr mit einer Dreiviertelstunde Mittagspause und zweimal 15 Minuten zum Frischmachen. Es gibt sogar Gutscheine für die Cafeteria.«

Herr Greulich gab sich geschlagen. »Ich sehe es ja ein! Dann eben kein Engel, aber wie wäre es denn als Weihnachtsmann?« Erwartungsvoll sah er Heike an. »Unter dem roten Mantel können Sie mindestens drei Pullover anziehen!«

»Es werden Weihnachtsmänner verlangt und keine Weihnachtsfrauen!«

Am liebsten hätte Heike diesem blondierten Drachen da hinten in der Ecke den Hals umgedreht, aber zu Tätlichkeiten kam es dann doch nicht.

»Frau Sommer bekäme eine Maske vors Gesicht und natürlich einen Bart!«, ordnete Greulich an. »Es müsste sogar noch einer da sein vom letzten Schlesier-Treffen, da hatten wir doch den Erwin als Rübezahl in die Stadthalle geschickt!« Dann wandte er sich wieder seiner Besucherin zu. »Würden Sie sich denn einen Auftritt als Weihnachtsmann zutrauen, Frau Sommer? Oder darf ich der Einfachheit halber Heike sagen?«

Natürlich durfte er. Sie war ja auch mit den übrigen Bedingungen einverstanden, zumal der Stundenlohn höher lag, als sie zu hoffen gewagt hatte. »Wer wird denn der zweite Weihnachtsmann sein?«

»Den übernimmt wieder Erwin«, sagte Greulich sofort, »seitdem er in Rente gegangen ist, springt er immer bei uns ein. Er war auch schon Pinocchio und Mainzelmännchen und Goleo während der WM … aber Weihnachtsmann ist er am liebsten.«

Bevor sie aus dem Wagen stieg, sah sich Heike vorsichtig um. Noch war die Tiefgarage relativ leer, doch das würde sich bald ändern, und genau deshalb war sie so früh gekommen. Es ist eben doch ein Unterschied, ob man zu Hause zwar in vollem Ornat, jedoch nur unter dem Grinsen seines Bruders vor dem Spiegel weihnachtsmännliches Auftreten übt oder ob man in diesem albernen Kostüm inmitten vieler Menschen in den Lift steigen muss, und darauf wollte sie es an ihrem ersten Tag nicht ankommen lassen. Nach ihr betrat allerdings doch noch ein Mann die Kabine.

»Wat denn, is der Weihnachtsmann jetzt etwa ooch motorisiert? Ick denke, der kommt mit'n Schlitten und die Elche vorneweg.«

»Keine Elche, sondern Rentiere«, murmelte Heike mit abgewandtem Gesicht, denn der Bart und die hautenge Maske steckten noch in der Tasche. »Leider hatte Petrus vergessen, die polizeiliche Genehmigung für Fahrzeuge mit Überlänge zu beantragen.«

»Jut pariert!«, lobte der Mann und drückte auf den Knopf zum Erdgeschoss, »und wenn Se nu ooch noch die Stimme 'ne Oktave runterschrauben, denn merkt keener wat. Tschüss, Frollein Ruprecht!« Die Tür öffnete sich, der Mann stieg aus, und dann kam auch schon Erwin auf sie zu. Jedenfalls vermutete sie, dass er es war, denn dieser Weihnachtsmann trug bereits seine Maske und sogar eine weiße Lockenperücke unter seiner roten Mütze.

»Sind Sie Erwin?«

»Ja«, nuschelte der Weihnachtsmann und schob sie in Richtung Toiletten. »Setzen Sie die Maske auf und vergessen Sie vor allem nicht den Bart, Weihnachtsmänner tragen nämlich keinen Lippenstift!«

»Verflixt, daran habe ich überhaupt nicht gedacht!«

Bevor Heike im Waschraum verschwand, steckte sie noch mal den Kopf durch die Tür. »Sind Sie gerade im Stimmbruch, oder weshalb kieksen Sie so komisch?«

»Katarrh!«, krächzte er. »Gestern auf der Weihnachtsfeier vom Sportclub zu viel geredet und geraucht.«

»Weihnachtsmänner rauchen nicht!«, tadelte Heike. »Zu gefährlich für den Bart!«

Nie hätte sie sich vorstellen können, dass ein Tag so entsetzlich lang sein könnte, wenn man ihn überwiegend stehend verbringt und sich die Bewegungsfreiheit auf ein paar Quadratmeter beschränkt. Fortwährend wurde sie von Kindern umringt, die Bonbons gleich händeweise vom Teller zu grabschen versuchten, an ihrem Bart zupften, Küsschen geben und/oder wissen wollten, ob der Wunschzettel denn auch angekommen sei, nämlich »der wegen dem Gameboy, Papa hat gesagt, ich kriege keinen, aber das hat er doch nicht zu bestimmen, das machst du doch, oder …«.

Wenn das Gedränge zu groß wurde, schob sich Erwin dazwischen und verschaffte ihr eine Atempause; manchmal scheuchte er sie sogar auf die Toilette wie gerade jetzt.

»Ich war erst vor einer Stunde«, protestierte sie, »das fällt doch auf!«

»Frauen müssen eben öfter!«

»Das machen Sie mal dem Greulich klar, wenn der auf seinem Kontrollgang hier vorbeikommt.«

»Keine Angst, der kommt nicht!«, krächzte Erwin. »Isser noch nie! Und jetzt verschwinde endlich!«

Nur zu gern gehorchte sie, zerrte gleich hinter der Tür die Maske und den Bart vom Gesicht – es war übrigens ein neuer, denn der vom Rübezahl abgelegte hatte sich als zu räudig erwiesen –, atmete tief durch und bekam von der zwischen Toilettenreinigern und Klopapierrollen in Ehren ergrauten Tante Thekla heißen Kaffee aus der Thermoskanne, garniert mit Ratschlägen aus Theklas reichhaltigem Erfahrungsschatz: »Lass man, Kindchen, der erste Tag is' immer der schlimmste, morgen sieht die Welt schon anders aus, und die Bonbons steckste besser in die Manteltaschen, denn haste die Hände frei zum Dazwischenhauen!«

Solchermaßen moralisch aufgerüstet kehrte Heike an ihren Arbeitsplatz zurück und lief geradewegs Herrn Greulich in die Arme. Also doch! Von wegen, der kontrolliert nicht! Und wo war überhaupt Erwin?

»Ich habe Ihren Kollegen nach Hause geschickt«, erläuterte Herr Greulich, »die Kunden verlaufen sich allmählich, und der Jüngste ist Erwin ja auch nicht mehr. Am besten machen Sie ebenfalls Schluss!«

»Aber es ist doch noch gar nicht …«

»… sieben Uhr?« Greulich schmunzelte. »Ist egal, Ihre acht Stunden kriegen Sie trotzdem bezahlt. Tschüss, bis morgen!«

Weg war er und ließ eine ziemlich verunsicherte Weihnachtsfrau zurück.

Am Sonntag herrschte weitaus weniger Betrieb als gestern; statt Schnee fiel Regen vom Himmel, und die unentwegt dudelnden Weihnachtslieder lockten nur wenige Besucher in das Einkaufszentrum. »Warum stehen wir hier eigentlich?« Heike zog eine Handvoll Bonbons aus ihrer großen Manteltasche, suchte eines heraus, wickelte es aus dem Papier und steckte es in den Mund. »Willste auch eins, Erwin?«

Erwin wollte nicht. Er schien überhaupt reichlich lustlos, redete kaum, und wenn doch, dann murmelte er etwas von »Will ja sowieso keiner haben … können wir gleich in den Papierkorb schmeißen …«, bis Heike das Gejammer zu viel wurde. »Dann geh doch nach Hause, bei diesem gewaltigen Andrang schaffe ich das auch allein!«

»Kommt nicht in Frage! Aber wenn du mich vielleicht eine halbe Stunde entbehren könntest …? Meine Großnichte wünscht sich zu Weihnachten eine Playstation, was immer das auch ist, von diesem ganzen elektronischen Kram habe ich sowieso keine Ahnung, aber der Laden hat eben erst aufgemacht, die Jungs da drin sind noch nicht so gestresst, also wird einer von ihnen wohl etwas Zeit haben für einen alten Trottel wie mich.«

Tröstend umarmte Heike den zerknirschten Erwin. »Ich bin zwar ein paar Jahrzehnte jünger als du, aber glaube bloß nicht, dass ich mit dieser ganzen modernen Technik klarkomme! Als ich noch Kind war, habe ich bloß einen Stecker in die Buchse gesteckt, auf einen Knopf gedrückt, und dann ging Muttis Bügeleisen an. Oder das Radio. Heute habe ich eine so genannte Bügelstation, bei der aber immer irgendwas kaputtgeht, und für mein kleines Küchenradio musste ich mir erst aus einer achtseitigen Gebrauchsanweisung den deutschsprachigen Teil suchen und mich durch unverständliches Fachchinesisch lesen, bevor ich schließlich den ganzen Krempel in die Ecke geschmissen und das alte Dampfradio aus dem Keller geholt habe. Früher konnte man ja auch nur im selben Ort eine falsche Telefonnummer wählen, jetzt kann man es in der ganzen Welt, und das nennt man nun Fortschritt.« Sie schob Erwin von sich. »Jetzt mach endlich, dass du in dein elektronisches Schlaraffenland kommst!«

Im gleichen Augenblick fühlte sie sich von hinten umklammert, und eine nur zu bekannte Stimme trötete lauthals: »Im Bad habe ich deine Armbanduhr gefunden, in der Küche deinen Geldbeutel und im Schlafzimmer deine …« Pillenpackung hatte er sagen wollen, doch Heike hatte ihm noch rechtzeitig den Mund zugehalten. »Noch lauter geht's wohl nicht!«

»Das hat man nun von seiner Hilfsbereitschaft«, maulte Henning, »ohne mich hättest du dir doch nicht mal einen Döner kaufen können!«

»Den hätte bestimmt Erwin …«, suchend sah sie sich um. »Wo ist der denn so plötzlich hin?«

»Wenn du den anderen Weihnachtsmann suchst, der ist mit der Rolltreppe nach oben – immer zwei Stufen auf einmal. Richtig fit für so 'n alten Knacker!«

»Erwin ist achtundsechzig!«

»Sag ich doch!« Er reichte ihr Uhr und Geldbeutel, dann wandte er sich zum Gehen. »Wie lange müsst ihr denn hier rumeiern? Etwa wieder den ganzen Tag?«

»Glaube ich nicht, bei diesem Dreckwetter kommt doch niemand.«

»Zieh den Bart wieder hoch, da drüben strömen welche herein.« Grinsend deutete Henning auf zwei alte Damen, die zielsicher das weiter hinten gelegene Café ansteuerten. »Soll ich ihnen zwei Prospekte bringen? Oder kriegen sie Bonbons?«

»Hau endlich ab«, zischte Heike, »und lass dich nicht mehr hier blicken!«

Wenig später kam Erwin mit einem Paket unterm Arm zurück. »Der Greulich ist mir eben über den Weg gelaufen. Du, der will uns tatsächlich nach Hause schicken! Es sei doch unsinnig, hier herumzustehen, wenn bei diesem Schietwetter doch keiner kommt, hat er gesagt. Stimmt ja auch. Du sollst aber hier auf ihn warten, höchstens zehn Minuten, er will dir noch was bringen. Hat er gesagt.«

Und plötzlich gab sich Erwin einen Ruck. »Was hältst du davon, wenn ich dich nachher zum Essen einlade?«

»Im Weihnachtsmann-Kostüm???«

»Natürlich nicht, ich hatte mehr an heute Abend gedacht. Oder hast du schon was vor?«

Was denn wohl?

Henning würde kellnern und erst gegen Mitternacht nach Hause kommen, während sie selber vor dem Fernseher sitzen und sich eine alberne Schnulze reinziehen würde; zur Zeit waren mal wieder die grundsätzlich untereinander verkrachten Adelsfamilien dran, deren Nachkommen sich – unwissend natürlich – ineinander verlieben und in der 86. Minute die zerstrittenen Elternpaare wieder miteinander versöhnt haben; über die leise aneinander klingenden Champagnergläser läuft bereits der Abspann … Nein, dann schon lieber essen gehen mit Erwin.

»Danke, Weihnachtsmann, ich komme gerne mit. Wo wollen wir uns denn treffen?«

»Ich hole dich selbstverständlich ab. Würde dir halb acht passen?«

Heike nickte, und Erwin trabte selig lächelnd ab.

Eine Viertelstunde später tauchte Greulich auf, sah sich kopfschüttelnd in der fast menschenleeren Eingangshalle um und kam schließlich auf Heike zu, die ihre Bonbons zählte. »Vier rote bin ich losgeworden und zwei grüne. Bonbons sind offenbar out, Dauerlutscher mit Stiel dran wären effektiver gewesen und natürlich Gummibärchen.« Sie hielt ihm die geöffnete Hand entgegen. »Wollen Sie eins? Weil Sie schon erwachsen sind, dürfen Sie sogar zwei nehmen!«

Er wollte aber keine, vielmehr drückte er Heike einen Scheck in die Hand. »Sechzehn Stunden à zehn Euro ergeben nach Adam Riese hundertsechzig Euro, wird für die Winterreifen aber noch nicht ausreichen, und deshalb hoffe ich, dass wir uns am nächsten Samstag wiedersehen. Schönen Abend noch!«

»Aber das mit den sechzehn Stunden stimmt doch gar nicht, und woher wissen Sie …?«, rief Heike, doch das hatte er schon nicht mehr gehört. Na warte, Erwin, du altes Klatschweib, das mit den Autoreifen kann er ja nur von dir haben!

Zehn nach sieben stand Heike immer noch vor dem geöffneten Kleiderschrank und wusste nicht, was sie anziehen sollte. Wenn sie mit Thomas ausgegangen war, jenem gut betuchten Einzelkind eines renommierten Anwalts, dann war natürlich das kleine Schwarze angesagt gewesen oder zumindest Jackenkleid mit Seidentop, was anderes hätte auch gar nicht zu seiner Rolex und der Kroko-Brieftasche im Armani-Anzug gepasst, doch als sie offiziell der entfernteren Verwandtschaft vorgestellt werden sollte – die nähere kannte sie schon, deshalb hatte Heike auf eine Ausweitung derselben auch keinen Wert gelegt –, hatte sie ihrem offenbar potenziellen Verlobten das goldene Armband (Weihnachtsgeschenk) und die dazu passenden Ohrclips (Geburtstag) in die Hand gedrückt und im Gegenzug um Rückgabe ihres Wohnungsschlüssels gebeten.

Henning hatte das allerdings nie verstanden. »Zugegeben, der Hellste ist er wirklich nicht, aber wer Geld wie Heu hat, der kann sich doch Stroh im Kopf leisten!«

Punkt halb acht, als Heike noch immer ihren zweiten Handschuh suchte, klingelte es. »Na, dann eben nicht!«, murmelte sie. »Erwin wird wohl doch schon Heizung im Wagen haben, auch wenn er angeblich ein Uraltmodell aus dem letzten Jahrhundert fährt.«

Das traf sogar zu, nur parkte am gegenüberliegenden Straßenrand keine alte Rostlaube, sondern ein sehr gepflegter weinroter Ford Taunus 17 M mit Weißwandreifen unten und ein bisschen zu viel Chrom oben drüber. Und daneben stand … nein, also da stimmte doch etwas nicht! Es war nämlich nicht Erwin, der jetzt lächelnd über die Straße kam, sondern Herr Greulich. »Kriegen Sie bitte keinen Schreck!«, rief er schon von weitem. »Es ist nichts mit Erwin passiert. Er hat nur unverhofften Besuch von seiner Schwester aus Mecklenburg bekommen, und als er im Telefonbuch Ihre Nummer suchen wollte, hat er erst gemerkt, dass er nicht mal Ihren Nachnamen weiß. Also hat er bei mir nachgefragt, und weil ich nichts anderes vorhabe, würde ich jetzt gern seinen Part übernehmen. Vorausgesetzt, Sie akzeptieren mich als Begleitung.«

Was sagt man denn in solch einem Fall? »Danke, gern!« oder »Das wäre aber nicht nötig gewesen!«, also eine dieser unsäglichen Floskeln, die jeder kennt und niemand glaubt, doch dann sah sie Greulichs erwartungsvollen Blick, und überhaupt war ihr Kühlschrank zu Hause fast leer, aber nach Erbseneintopf aus der Dose oder dem halben, schon etwas angetrockneten Bückling stand ihr jetzt wirklich nicht der Sinn. Außerdem hat man ja nicht jeden Tag Gelegenheit, mit Robbie Williams auszugehen – na ja, nicht mit dem echten, und aus der Nähe war die Ähnlichkeit auch gar nicht mehr so groß, aber trotzdem sah dieser Peter Greulich verflixt gut aus! Er war Mitte 30, schätzte sie.

Es wurde auch ein wunderschöner Abend, der in einem kleinen französischen Lokal begann, von dem Heike noch nie etwas gehört hatte, und kurz nach Mitternacht in einer Bar endete, als ihr immer wieder vor Müdigkeit die Augen zufielen. »Ich will ins Bett!«, murmelte sie. »War 'n langer Tag. Und morgen muss ich wieder Peiffer und Main … nein, falsch, bei Pfeiner und Mayff … also da oben im sessten Stock diesen endlosen Schschriftsass abarbeiten. Isss was mit Grundboden und gaaansss vielen Sssahlen…«

Obwohl Greulich beinahe im Schritttempo fuhr und jede grüne Ampel so langsam ansteuerte, bis sie auf Rot umsprang, dauerte es keine Viertelstunde bis zur Tannenstraße. Stundenlang hätte er weiterfahren können mit dieser sympathischen und so herrlich natürlich gebliebenen jungen Frau neben sich.

Nur hinter einem Fenster im ersten Stock von Nr. 11 brannte noch Licht, und kaum hatte Greulich Heike aus dem Wagen geholfen und etwas zu laut die Tür zugeschlagen, als eben jenes Fenster aufgerissen wurde und eine wütende Männerstimme loslegte: »Sag mal, wo kommst du denn jetzt her? Seit Stunden mache ich mir Sorgen, weil ich nicht weiß, wo du steckst, warum hast du dich nicht mal auf'm Handy gemeldet, du hast ja auch gar keinen Schlüssel dabei, pass auf, ich werfe ihn runter …« Und dann flog der Schlüssel auch schon haarscharf an Greulichs Kopf vorbei auf den Asphalt. »Aufschließen kannst du ja wohl allein!«

Das tat allerdings Greulich für sie, dann verabschiedete er sich sehr kurz und sehr förmlich, und noch ehe Heike den ersten Treppenabsatz erreicht hatte, hörte sie den Wagen mit quietschenden Reifen davonfahren. »Tschüss, Peter …«, murmelte sie noch, bevor sie sich in ihr Zimmer schlich und von innen den Schlüssel herum drehte.

Lange hatte sie gezögert, bevor sie sich um die Mittagszeit doch ein Herz fasste und die Tür zur Jobvermittlung Peter Greulich öffnete. Immerhin erforderte es der Anstand, dass sie sich wenigstens nachträglich für den gestrigen Abend bedankte, dazu war sie ja gar nicht mehr gekommen. Oder doch? Zwar hatte sie sich gewünscht, dass die Heimfahrt möglichst lange dauern würde, weil sie sich neben diesem Mann so unbeschreiblich wohl gefühlt hatte, aber dann war sie ja doch wieder ein paar Minuten lang eingeschlafen und erst etwas munterer geworden, als Henning die halbe Straße zusammengebrüllt hatte.

»Guten Tag, Frau Kramm«, sagte Heike, denn jetzt stand ein Namensschild auf dem rechten Schreibtisch, »kann ich bitte Herrn Greulich sprechen? Nur für ein paar Minuten.«

»Der ist nicht da!«, bellte Frau Kramm zurück.

»Wann ungefähr wäre er denn zu erreichen?«

»Heute überhaupt nicht, und für morgen weiß ich noch nichts. Was wollen Sie denn überhaupt? Ihr Geld haben Sie doch gekriegt, und gebraucht werden Sie erst wieder am Sonnabend.«

Alter Drachen! Heike schluckte die ihr auf der Zunge liegende Antwort herunter und bat nun um die Telefonnummer von Erwin.

»Welcher Erwin?«

»Wie er mit Nachnamen heißt, weiß ich nicht,« erläuterte Heike geduldig. »Ich meine den anderen Weihnachtsmann, und der dürfte Ihnen doch bekannt sein.«

Ein maliziöses Lächeln umspielte Frau Kramms Lippen. »Ich glaube nicht, dass ich berechtigt bin, irgendwelche Telefonnummern herauszugeben …«

»Dann lassen Sie es eben bleiben!« Heike drehte sich um, stakste zur Tür und schlug sie krachend hinter sich zu. So eine dämliche Gans … wo hatte der Greulich die bloß aufgelesen? Zumindest hatte der Firmenname jetzt eine gewisse Berechtigung. Diese Frau war nicht nur greulich, sondern direkt zum Abgewöhnen!

Noch nie hatte Heike einem Wochenende so entgegengefiebert wie diesem. Im Stillen hatte sie zwar gehofft, zumindest von Erwin etwas zu hören, ihre Telefonnummer hatte er doch bekommen, und vielleicht hätte sie ihm ein paar private Informationen über Greulich entlocken können – aber auch Erwin hüllte sich in Schweigen. War ja nachvollziehbar, denn im Grunde genommen verband sie beide doch nicht mehr als dieses Weihnachtsmann-Kostüm, ein paar Stunden lang kalte Füße und die sich immer wiederholende Erkenntnis, dass kaum ein Mensch die Werbezettelchen auch nur angesehen hatte, bevor sie im nächsten Papierkorb gelandet waren; der neben dem Fahrstuhl war am letzten Samstag alle zwei Stunden geleert worden.

Schon zehn Minuten vor elf stand Heike in voller Montur in der Halle, hatte weder Prospekte noch erst recht keine Bonbons zu verteilen, nahm stattdessen Wunschzettel jener Kinder in Empfang, die über die persönliche Anwesenheit des Weihnachtsmannes informiert waren und den direkten Draht zu ihm einem Umweg über Mama, Papa und Oma vorzogen.

»Hallo, Heike, wieso bist du schon da?«, tönte eine immer noch ziemlich kratzige Stimme neben ihr. »Du hast ja noch nicht mal Munition getankt. Soviel ich weiß, steht der ganze Kram in der Cafeteria. Wir müssen ihn bloß holen. Kommst du mit?«

»Muss ich ja wohl«, brummte sie und schlappte lustlos neben ihm her. »Ist deine Schwester wieder abgereist?«

»Welche Schwe… ach so, du meinst Renate?«, verbesserte er sich hastig. »Eigentlich ist sie ja nur meine Stiefschwester, also angeheiratet oder besser mitgeheiratet, weil nämlich mein Vater zum zweiten Mal … aber das interessiert dich sicher nicht – wieso auch?« Er bekam einen Hustenanfall und schaffte es gerade noch, die Tür zur Cafeteria zu öffnen. »Entschuldige, aber …«, und wieder begann er heftig zu husten.

»Das wird ja immer schlimmer mit deiner Bellerei! Versuch's mal mit Zwiebelsaft, damit hat mich meine Oma immer traktiert.«

»Meine mit Schwitzkuren, die habe ich auch gehasst. Bist du eigentlich verheiratet?«, fragte er scheinbar ganz nebenbei. »Von mir kennst du bereits die ganzen komplizierten Familienverhältnisse, und von dir weiß ich so gut wie gar nichts. Du arbeitest bei einem Anwalt und wohnst hinten im Baumviertel. Aber was …«

»Woher kennst du meine Adresse?«

Ein kurzes Zögern, dann: »Keine Ahnung, du wirst es wohl mal erwähnt haben. Ist doch auch egal. Erzähl mir lieber, wie der Abend mit Greulich war.«

Und plötzlich fügten sich ein paar Ungereimtheiten zusammen. Wieso waren ihr nicht schon früher Erwins gepflegte Hände aufgefallen? Oder seine Schuhe, wenn sie gelegentlich unter dem langen Mantel sichtbar wurden? Weshalb hatte sie Erwin auch noch nie ohne Maske gesehen? In die Cafeteria hatte er sie immer allein geschickt unter dem Vorwand, es müsse wenigstens ein Weihnachtsmann in der Halle bleiben – was also wurde hier gespielt? Und warum? Egal, sie würde es rauskriegen, auch wenn sie sich dabei ganz gewaltig in die Nesseln setzen konnte.

»Du willst wissen, wie mir der Abend mit Greulich gefallen hat? Mit dir wäre es sicher amüsanter gewesen, Erwin, aber was kann man denn von einem Langweiler wie ihm schon erwarten? Erst schleppt er mich in so eine französische Kaschemme, wo überhaupt nichts los gewesen ist, dabei wollte ich doch mal richtig schick essen gehen, und dann sind wir in einer Bar gelandet, aber da bin ich beinahe eingeschlafen. Zu Hause habe ich noch Krach mit meinem Bruder gekriegt …«

»Du wohnst mit deinem Bruder zusammen?«, unterbrach er sie hastig.

»… ja, bis er fertig studiert hat, und dann ist dieser ungehobelte Greulich einfach losgefahren und hat sich nicht mal für den schönen Abend bedankt, oder was man sonst so von sich gibt!«

»Das ist natürlich unverzeihlich«, sagte der Weihnachtsmann. »Aber ich hatte doch gedacht, dieser brüllende Kerl an deinem Fenster ist dein Freund, wenn nicht sogar dein Mann, da wollte ich nicht …« Hastig entfernte er den ohnehin schon etwas zerfranst aussehenden Bart, zerrte seine Maske vom Gesicht und nahm Heike zärtlich in den Arm. »Das hätte ich am liebsten schon getan, als du neulich wie eine Fata Morgana in mein Büro spaziert bist. Im Fahrstuhl hatte ich dich doch schon so oft gesehen, wollte dich jedes Mal ansprechen, aber wie macht man das zwischen Parterre und viertem Stock, wenn noch ein halbes Dutzend Leute zuhören? Mein Testament wollte ich schon in eurer Kanzlei aufsetzen lassen, doch dann hat die Kramm gesagt, das machen bloß Notare.«

»So ’n Blödsinn, natürlich dürfen wir das auch.«

Vorsichtig löste sich Heike aus Greulichs Armen. »Jetzt mal raus mit der Sprache! Wenn Sie … du … Also, wenn Erwin du gewesen bist, dann will ich wenigstens wissen, ob es diesen rüstigen Rentner überhaupt gibt!«

Greulich sah auf die Uhr. »Natürlich gibt es ihn, er müsste eigentlich schon hier sein, denn noch mal stelle ich mich nicht da unten hin, und du wirst …«

»… wie vereinbart gleich wieder Prospekte und Bonbons verteilen, Herr Greulich, denn Vertrag ist Vertrag, außerdem sind die Winterreifen schon bestellt, aber du darfst mich heute Abend noch mal zum Essen …«

Mit einem Ruck flog die Tür auf, und herein spazierte ein knapp zwei Meter großer Weihnachtsmann mit dicken buschigen Augenbrauen und einer dröhnenden Stimme: »Aus der Kälte komm ich her, ich muss euch sagen, es dürstet mich sehr … gibt's hier heißen Kaffee?«

Farbenspiel

»Willst du wirklich noch mal diesen ollen Christbaumständer benutzen?«

Florian stellte das wenig ansehnliche Teil auf dem Küchentisch ab. »Der muss doch mindestens 20 Jahre alt sein.«

»Viel älter«, sagte Tinchen, »den hat ja Toni schon übernommen gehabt von einer Nachbarin, die Anfang der fünfziger Jahre einen Ami geheiratet hat und nach Virginia gezogen ist.«

»Weißt du das genau?«

»Nein, es kann auch Alabama gewesen sein oder Georgia, jedenfalls liegt das mitten in …«

»Ernestine Bender«, kam es in flehendem Ton von Florian, »nicht schon wieder von den Kartoffelpreisen bis zur Seelenwanderung! Kannst du dich nicht ein bisschen kürzer fassen? Ich will nicht wissen, wohin jemand ausgewandert sein könnte, sondern wie alt dieser Weihnachtsbaumständer ist.«

»Ziemlich alt. Warum?«

»Weil ich dann abschätzen könnte, ob es sich dabei noch um Alteisen handelt oder schon um eine Antiquität.«

Florian betrachtete dieses doch sehr ramponiert aussehende Teil von allen Seiten. »Das ist garantiert noch Vorkriegsware! Also müsste es …«, er zog die Stirn kraus, Zahlen waren ihm schon immer suspekt gewesen, es sei denn, die Auflage des *Zeitspiegel* war mal wieder um ein paar 100 Exemplare zurückgegangen, » …mindestens aus den Dreißigern des letzten Jahrhunderts stammen!«

Tinchen kratzte mit dem Fingernagel ein bisschen Rost herunter. »Ab wann ist denn etwas Altes nicht mehr bloß alt, sondern antik?«

»Das kommt immer auf den Antiquar an«, sagte Florian, umhüllte das Eisenteil mit einem Küchenhandtuch und legte es in Tinchens Einkaufstasche. »Ich nehme das Ding nachher mit in die Redaktion, unser Volontär hat nämlich erst zwei Semester Ägyptologie studiert oder so was Ähnliches, bevor er auf Journalistik umgestiegen ist; so ’n Quatsch, kann man sowieso nicht lernen, man hat's oder man hat's nicht, aber sein Onkel handelt mit Antiquitäten.«

»Flori, was du eben eingepackt hast, ist ein eiserner Christbaumständer, der aus einer Fabrik stammt und nicht aus einem Pharaonengrab!«

»Das weiß ich selber, deshalb will ich ja auch einen Fachmann fragen.«

Dazu kam es gar nicht mehr, denn als Florian mit der Einkaufstasche – er hatte ihren Inhalt vorsichtshalber mit einem Regenschirm abgedeckt – sein Zimmer im ersten Stock des Pressehauses betrat, lümmelte bereits sein Freund und Kollege Peter Gerlach auf dem Schreibtischsessel. Vorwurfsvoll zeigte er auf seine Armbanduhr. »Du kommst auch jeden Tag später! Ich sitze hier schon seit exakt elf Minuten!« Dann deutete er auf die Tasche. »Hat dich dein Eheweib endlich rausgeschmissen?«

»Dienstags kommt doch immer ihr Hausfreund!«

»Wieso? Ich bin doch hier. Oder hat sie noch einen?«

»Dir fällt auch nichts anderes mehr ein!« Florian stellte die Tasche ab und nahm den Schirm heraus. »Kennst du dich mit Antiquitäten aus?«

»Nein, aber der Schirm da ist garantiert keine!«

»Warte doch erst mal ab!« Ächzend hob er den Christbaumständer aus der Tasche. »Was hältst du denn von diesem Trumm?«

»Ist eure Maschine kaputt, oder weshalb trägst du dreckige Wäsche durch die Gegend?« Mit spitzen Fingern entfernte Gerlach das Handtuch. »Wo um alles in der Welt hast du denn das Teil ausgegraben? Bei meiner Oma muss es auch mal so was Ähnliches gegeben haben, da hatte sie den ersten Nachkriegs-Weihnachtsbaum rein gestellt, geklaut oben im Grafenberger Wald, und weil der Stamm viel zu dünn war, hat sie rundherum metallene Lockenwickler in die Öffnung gesteckt; Papier brennt zu schnell, außerdem gab's ja gar keins. Der Weisheit letzter Schluss kann die Notlösung aber nicht gewesen sein, denn irgendwann in der Nacht ist das Ding umgekippt und Oma mit'm Besen raus, weil sie gedacht hat, da hat's jemand auf ihren Baum abgesehen. Muss schon eine irre Zeit damals gewesen sein ... es existieren sogar noch Fotos, und darauf sieht der Baum genau so spillerig aus wie Oma.«

Kopfschüttelnd stellte Gerlach das verrostete Teil auf den Schreibtisch. »Was um alles in der Welt willst du denn damit? Verschrotten lassen? Das lohnt doch gar nicht, zwei Euro fuffzich höchstens, weil's ziemlich schwer ist, aber mehr ist nicht drin!«

»Du glaubst also nicht, dass dieser bestimmt noch handgeschmiedete Christbaumständer bereits eine Antiquität ist?« So ganz wollte sich Florian nicht von der Vorstellung trennen, im Keller seiner Schwiegermutter endlich mal etwas Wertvolleres gefunden zu haben als zehn Jahre alte Zeitungsstapel, zwei Regale mit nicht wesentlich jüngeren Einweckgläsern, deren Inhalt dem Anschein nach sowohl aus halbierten Birnen als auch aus Senfgurken bestehen konnte, und als Krönung der unterirdischen Schatzkammer elf Paar Damenschuhe, die nach Frau Antonies Meinung zum Wegwerfen viel zu schade gewesen waren und ohnehin bald wieder in Mode kämen. Unter Berücksichtigung der Tatsache, dass Frau Antonie im kommenden Jahr in körperlicher und meist auch geistiger Frische ihren 81. Geburtstag feiern würde, erschien ihrem Schwiegersohn die Wahrscheinlichkeit sehr gering, jene Schuhe könnten noch einmal Straßenpflaster unter den Sohlen spüren. Nicht nur die Konfektionsgröße hatte sich bei Frau Antonie geändert, sondern auch die der Schuhe, denn statt 39 trug sie jetzt Größe 41.

»Natürlich müsste man dieses Teil erst mal sauber machen«, gab Florian bei erneuter Betrachtung seines Christbaumständers zu. »Lediglich ein paar kleine Roststellen dran lassen, damit es richtig alt aussieht, vielleicht noch irgendwo drei oder vier verdorrte Tannennadeln anbringen ... Du schreibst einen netten kleinen Artikel über den seltenen Fund ...«

»Florian Bender, jetzt spinnst du aber wirklich!« Gerlach wickelte den Stein des Anstoßes wieder ins Handtuch. »Schmeiß das Ding in den Sammelcontainer für Altmetall, da gehört es hin, und du bist es los.«

Sofort winkte Florian ab. »Das geht nicht, weil Tinchen so daran hängt. Ich weiß nicht,weshalb, gehört hat's mal meiner Schwiegermutter, nur hatte die es auch schon geerbt. Jetzt hat sie natürlich so was ganz Modernes, da macht's klick, und dann steht der Baum wie eine Eins, aber Tinchen hat dieses Teil hier gesehen, sentimentale Anwandlungen gekriegt und verlangt, dass unser Baum dort hinein kommt und sonst nirgendwo. Allerdings bin ich mir sicher, dass sich ihr plötzlicher Hang zur Nostalgie beim Anblick mehrerer großer Euroscheine verflüchtigen würde.«

»Hast du welche?«

»Nee, ich muss ja erst das Ding verscherbeln.«

»Versuch's doch, wenn du dich unbedingt blamieren willst!«

Das wollte Florian nun doch nicht, vielmehr hatte er soeben beschlossen, die Sache ganz anders aufzuziehen und nach dem Motto *Aus Alt mach Neu* das verrostete Eisenteil in ein glänzendes Schmuckstück zu verwandeln und seiner Frau als zweites Weihnachtsgeschenk zu präsentieren. Ein erstes Geschenk hatte er allerdings auch noch nicht.

Ein bedeutungsvoller Blick traf seinen Freund. »Hast du nichts Besseres zu tun, als hier herumzuhängen?«

»Nein«, kam es prompt zurück, »der Empfang im Rathaus beginnt um sieben, aber wenn ich um halb acht komme, ist es immer noch früh genug; die Redner sind dieselben wie letztes Jahr, die Reden vermutlich auch, und Schnittchen gibt es erst hinterher.«

»Sehe ich ein, aber dann halte wenigstens hier die Stellung. Ich muss noch mal weg, bin aber in spätestens einer halben Stunde wieder da.«

Gerlach nickte verstehend. »Was soll ich sagen, wenn dich jemand vermisst? Ist zwar unwahrscheinlich, aber es könnte ja doch mal vorkommen …«

Das allerdings hatte Florian schon nicht mehr gehört.

Zum Baumarkt brauchte er knapp fünf Minuten, weitere fünf waren vergangen, bis er sich zur Abteilung *Farben und Lacke* durchgekämpft hatte, und dann noch mal genau so lange, ehe er einen jener grau bekittelten Männer gesichtet hatte, die für Auskünfte und fachmännische Ratschläge zur Verfügung stehen.

Zuerst brauchte Florian eine Auskunft, dann einen Ratschlag und schließlich Hilfe bei der Auswahl von Sandpapier, grobes und feineres, Pinsel nahm er in drei verschiedenen Stärken mit, ferner eine Paste zum Entfernen von Rost und schließlich eine große Dose mit grüner Farbe, die es in acht verschiedenen Nuancen gab. Er entschied sich für ein mittleres Grün, denn das wieder in voller Pracht erstrahlende Teil sollte natürlich auch ins Auge fallen.

An der Kasse kam ihm zum ersten Mal der Gedanke, dass der Kauf eines jener neuen, sehr praktischen und leicht zu handhabenden Christbaumständer nicht nur wesentlich preiswerter gewesen wäre, sondern ihm – Nostalgie hin oder her – einen Haufen Arbeit erspart hätte.

Tinchen schlief schon, als Florian kurz vor ein Uhr nach Hause kam. Meist liebte er seinen Beruf, doch gelegentlich verwünschte er ihn auch, weil er, falls überhaupt, nur tagsüber mal frei hatte und nie abends, und weil sein Wochenende überwiegend an Samstagen stattfand, denn sonntags erschien der *Zeitspiegel* nicht. »Ich weiß gar nicht, wie wir es überhaupt geschafft haben, zwei Kinder in die Welt zu setzen«, brummelte er vor sich hin, während er im Keller ein Versteck für die Baumarkttüte suchte. »Wenn ich Schreiner geworden wäre oder Buchhalter, dann hätten wir wahrscheinlich das halbe Dutzend voll gekriegt.«

»Dutzend von was?« Gähnend stand Tinchen oben an der Kellertreppe. »Was machst du denn da unten?«

»Ich suche die elektrische Weihnachtsbaum-Beleuchtung.«

»Um diese Zeit? Und warum zwischen den Luftmatratzen und der Schnorchel-Ausrüstung?«

»Weshalb bist du überhaupt aufgestanden? Das machst du doch sonst auch nicht.« Florian hielt noch immer diese unförmige Tüte in der Hand, wusste nicht, wohin damit, schob sie schließlich ganz nach hinten ins Regal, wo sie seitwärts wieder heraus rutschte und klirrend zu Boden fiel.

»Was treibst du da eigentlich?« Tack, tack, tack näherten sich Schritte in halbhohen Pantöffelchen, es erschien ein in zitronenfarbenes Frottee gewickeltes Tinchen auf der untersten Stufe, und dann hatte Florian auch schon die Luftmatratze auf die heruntergefallene Tüte geworfen und seine Frau in die Arme genommen. »Ist doch egal, ich bringe das morgen wieder in Ordnung, Peter will wissen, wie viele Kerzen auf so einer Lichterkette sind, ob er für seinen Baum eine braucht oder zwei.«

»Und das musst du nachts um halb zwei klären?«

»War eine idiotische Idee, ich geb's ja zu.« Sanft schob er Tinchen die Treppe hoch.

Als er aus dem Bad kam, war seine Frau schon wieder

eingeschlafen, hatte jedoch auf dem Kopfkissen einen Zettel hinterlassen: *Bin morgen mit Ulla verabredet, Weihnachtseinkäufe für die Kinder und abends Kino. Wollte gar nicht, muss aber, sonst kriegst du diesmal ein rosa Oberhemd mit grüner Krawatte statt umgekehrt wie letztes Jahr. Sehe dich übermorgen! Kuss, T.*

Bei Ulla handelte es sich um ihre Schwiegertochter, die eigentlich Ulrike hieß und von Tinchen anfangs als »Hätte-Tobias-wirklich-keine-Andere-finden-können?« bezeichnet, inzwischen aber akzeptiert worden war, wozu Tim und Tanja erheblich beigetragen hatten. Nicht zuletzt wegen der häufig wiederkehrenden Aussage: »Oma, du kochst mindestens zehn Grad besser als die Mama!« Eine Variante, die erst unlängst jenes »Viel schmackhafter als der Biomann im Fernsehen!« abgelöst hatte. »Da guckt die Mama immer zu, aber was der macht, ist einfach zu schwer für sie!«

»Geht ihr mal schön einkaufen«, murmelte Florian schon im Halbschlaf, »dann kann ich wenigstens ungestört im Keller pinseln ...«

Eine Stunde schrubbte er jetzt schon mit dem Sandpapier herum, hatte bereits kleinere Stellen rostfrei geschmirgelt, zwei Fingernägel abgeschrammt, und je langsamer seine Bewegungen wurden, desto schneller verlor er die Geduld. »Von wegen Rostlöser!«, schimpfte er laut vor sich hin. »Der hat das Etikett von der Tube gelöst und die Haare aus dem Pinsel, mehr auch nicht! Und warum soll man Rost nicht überstreichen können? Hat das überhaupt schon mal jemand versucht?«

Also griff er zu der großen Dose mit dem aber schon sehr

grünen Etikett, was ihm bei dem hellen Licht im Baumarkt gar nicht aufgefallen war, klemmte – da schon aus Erfahrung klüger geworden – statt des Pinselstiels einen Schraubendreher unter den Deckel, der flog auch sofort hoch und landete auf Florians rechtem Schuh, Etikett nach oben. »Verdammte Sch…, das kriege ich doch nie wieder runter!« Was sich später auch als zutreffend herausstellte, denn die dunkelbraune, nunmehr grüne Kappe vom Schuh verwandelte sich dank Florians chemischer Rettungsmaßnahmen erst in einen Grauton und nach einer Schnelltrocknung auf der Zentralheizung in lauter kleine Lederteilchen, die sich später relativ leicht ablösen ließen. Das wiederum erforderte den nunmehr fälligen Ankauf neuer Schuhe, wodurch sich das Projekt Christbaumständer um eine weitere, nicht unerhebliche Summe verteuern würde.

Florians Begeisterung für die Restaurierung dieses unhandlichen Teils war inzwischen auf den Nullpunkt gesunken, trotzdem pinselte er drauflos, und wenn er auf die schlimmsten Roststellen die Farbe gleich in drei Schichten auftrug, dann deckte sie sogar richtig gut ab.

Zur Mittagszeit war er fertig, betrachtete stolz sein Werk, musste allerdings einsehen, dass dieser helle Farbton mehr den frühlingsgrünen Blättern einer Birke ähnelte als den dunklen Nadeln einer Tanne, macht aber nichts, der Ständer würde ohnehin kaum zu sehen sein, davor liegen doch die Geschenke.

Als er die noch nicht mal zu einem Viertel geleerte Dose zudeckeln wollte, fiel Florians Blick auf die kleine Fußbank, die immer dann zum Einsatz kam, wenn Frau Antonie nicht »nur für ein Viertelstündchen« mal eben vorbeikam, sondern für etliche Stunden zum Mittagessen einschließlich späterem Kaffee plus Kuchen, dann nämlich wechselte sie vom Stuhl in den Sessel, nur konnte sie sich dort nie richtig anlehnen, weil »die Sitzfläche einfach viel zu hoch ist für normal proportionierte Menschen«!

Vor einigen Monaten hatte sie den Sessel allerdings noch als ausnehmend bequem bezeichnet – ohne Fußbank!

Richtig schäbig sah dieses Teil schon aus, könnte man ja schnell überpinseln, ist doch egal, in welcher Farbe, stehen eh bloß Füße drauf, und überhaupt würde man so ein grünes Möbel im Keller auch viel schneller finden … Also griff Florian zum Sandpapier, schmirgelte erst ein bisschen an der Fußbank herum, und eine halbe Stunde später strahlte sie in sattem Grün.

Danach kamen die Gartengeräte an die Reihe, zuerst der Spatenstiel, es folgten Harke, Hacke und Besen, aus nahe liegenden Gründen blieb der Schneeschieber verschont, dann schleppte Florian die zwei hölzernen Blumenkästen aus dem Geräteschuppen in den Keller, die hatten wirklich mal einen Anstrich nötig, hatte Tinchen schon im letzten Jahr gesagt, und zum Schluss kam noch der große Plastikblumentopf an die Reihe, der neben die Haustür gehörte und immer vor Ostern neu bepflanzt wurde.

Dann endlich war die Farbdose leer, Florian leicht benebelt von dem Geruch, gegessen hatte er auch noch nichts, nur zwei Flaschen Bier getrunken, und als er auf die Uhr sah, war's zehn Minuten vor fünf. Also setzte er sich auf die Kellertreppe und rekapitulierte seinen Krankenstand. Die Grippe hatte er Anfang August während der Hitzewelle gehabt, da war er drei Tage lang zu Hause geblieben, und dann im September noch mal einen Tag wegen Halsschmerzen und Heiserkeit, als sein Neffe Björn auf dem Rückflug von Brunei, wo seine Eltern im Dienste des Sultans irgendwelche Forschungen betrieben, einen Zwischenstopp in Düsseldorf eingelegt hatte.

Und dann kam noch jener Mittwoch im November dazu, als Tinchen sich den Knöchel verstaucht hatte und er quasi »den Haushalt schmeißen« musste und das auch noch wörtlich genommen hatte; seitdem fehlten nämlich zwei Teller vom Kaffeeservice und der große Glaskrug. In der offiziellen Krankmeldung hatte es sich allerdings um einen vereiterten Zeh gehandelt

Nachdem Florian der Reihe nach sämtliche Extremitäten durchgegangen war und mögliche Blessuren als zu gering für ein Zuhausebleiben abgehakt hatte, fiel ihm ein, dass zur Riege der Mediziner auch jener für die Zähne zuständige Arzt gehörte, und den hatte er noch nie bemüht. Also entschied er sich für eine Zahnwurzelentzündung, damit hatte sich nämlich sein Schwager Karsten erst unlängst herumschlagen müssen, offenbar eine ziemlich unangenehme Sache, jedenfalls hatte der sich zwei Tage lang nur von Tabletten und Whisky ernährt.

Während Florian die Treppe aufwärts stieg, probte er schon mal den Tonfall, mit dem er Herrn Dr. Dr. Vandevelde – verlagsintern nur Doppeldoktor genannt – seine heutige und mit Sicherheit auch morgige Abwesenheit erklären würde. Nachdem er ein paar Minuten lang den transportablen Telefonhörer gesucht und schließlich im Keller gefunden hatte, riss er alle drei Fenster auf. »Hoffentlich verfliegt dieser Farbgeruch, bis Tine zurückkommt!«

Wieder oben, stopfte er sich zwei Papiertaschentücher in die rechte Backentasche und drückte die Speichertaste.

»Chefredaktion, Strauss am Apparat«, hörte er sofort.

»Hallo, Blümchen«, nuschelte Florian, »ist dein Herr und Meister schon da?«

»Da schon, aber nicht hier. Mit wem rede ich überhaupt?«

»Mit einem halb toten Florian Bender, ich komme nämlich gerade vom Zahnarzt.«

»Hast du etwa noch die Gaumensperre im Mund?«

»Isch kann nisch richtisch reden, die Betäubung isch noch nisch ganz rausch. Hast du schon mal eine Schahnwurzelentschündung gehabt?« Vorsichtshalber stöhnte er laut, denn die Taschentücher waren schon halb aufgeweicht, klebten als Klumpen am Gaumen, ließen aber trotzdem seine Stimme immer verständlicher klingen. Also schob er zwei weitere nach. »Puut scheuschlisch weh!«

»Üb mal noch ein bisschen, dann glaub ich's dir sogar! Trotzdem gute Besserung!« Dann wurde der Hörer aufgelegt.

Das hatte aber gar nicht verständnisvoll geklungen! Zwar wusste er, dass Vandeveldes Sekretärin ihn niemals verraten würde, gelegentliche Premierenkarten für Kino oder Theater zahlen sich immer aus, doch auf einen weiteren arbeitsfreien Tag würde Florian denn doch besser verzichten. Man soll ja nicht übertreiben!

Zunächst aber sollte er den Keller aufräumen und seine gepinselten Werke aus dem Weg schaffen, am besten in den

Geräteschuppen, den würde Tinchen in den nächsten Wochen bestimmt nicht betreten. Die Frage war nur, wie man die frisch gestrichenen und noch so schön nass glänzenden Teile in den Schuppen bekommt, ohne sie zu berühren. Mit den Gartengeräten ging es ja, die konnte man unten am Metall anfassen, auch wenn's albern aussah, sie einzeln wie eine Statue vor sich her quer durch den Garten zu transportieren; die Fußbank schob er auf ein Stück Pappe, bevor er sie in den Schuppen brachte, mit dem Christbaumständer ging das auch noch, aber ein Transport der Blumenkästen oder des zwar nicht schweren, aber sehr ausladenden Plastikkübels war unmöglich. Also schloss er kurzerhand die Kellertür ab und versteckte den Schlüssel vorübergehend im daneben stehenden Kasten mit den Bierflaschen; den würde Tinchen nie anfassen, für sie waren Biertrinker gleichbedeutend mit Socken-in-Sandalen-Träger wie ihr Nachbar Knopp, der an lauen Sommerabenden in Trainingshosen und Feinripphemd so lange auf seiner Terrasse saß, bis sein müdes Haupt entweder auf die Tischplatte oder gelegentlich auch mal ins Bierglas fiel.

Als Tinchen gegen elf Uhr zurückkam und ihren Mann nicht nur bereits zu Hause, sondern sogar lesend im Bett vorfand, stutzte sie. »Wieso bist du schon da? Ist der Verlag in Konkurs gegangen? Hat dich der Doppeldoktor tatsächlich rausgeschmissen? Oder bist du etwa krank?«

»Jetzt weiß ich wenigstens, wo du deine Prioritäten setzt!« Strafend sah er Tinchen an. »An erster Stelle kommt bei dir der Verlag, weil ich dort unsere Brötchen verdiene. An zweiter der Vandevelde, weil du Angst hast, er könnte mich entlassen. Kann er aber nicht, ich bin sein Stellvertreter; und wenn er mich rausschmeißt, dann hat er niemanden mehr, dem er alles das aufhalsen kann, womit sich keine Lorbeeren verdienen lassen, und erst als letzte Möglichkeit kommt dir der Gedanke, ich könnte krank sein! Denkt so ein liebend Eheweib?«

»Das liebende Eheweib ist nur sauer, weil du nicht schon gestern gesagt hast, dass du zu Hause bleiben willst. Dann hätte ich mir den heutigen Nachmittag mit unserer manchmal doch etwas infantilen Schwiegertochter sparen können.« Sie schüttelte die Schuhe von den Füßen und setzte sich auf die Bettkante. »Für Tobias wollte sie doch tatsächlich ein T-Shirt kaufen mit Spiderman auf'm Rücken, dabei …«

»Na und?«

»Das ist eine Comicfigur. So was schenkt man einem Neunjährigen, aber nicht dessen Vater!«

»Bist du dir sicher, Tine? Tobias wird 35 Jahre alt und isst immer noch Nutella zum Frühstück!«

»Allemal besser als Rollmops!«

Worauf Florian schleunigst das Thema wechselte, denn gelegentlich endeten Redaktionskonferenzen in der Düsseldorfer Altstadt, und dort wiederum ging es weniger um die politischen, sondern mehr um die kommunalen Neuigkeiten. Als Lokalreporter kannte Gerlach schon rein beruflich sämtliche Restaurants, Kneipen und sonstige Etablissements, hatte überall freien Eintritt, und so mancher Abend hatte erst am frühen Morgen geendet – mit Kater und Rollmops.

»Hast du deine Geschenke schon zusammen, Mütterchen, und wenn ja, werden wir uns bis Heiligabend wieder von altbackenen Brötchen und abgelaufenem Joghurt ernähren müssen?«

»Das ist ein einziges Mal passiert!«, wehrte sich Tinchen empört. »Da hatte ich auf den Deckel nicht draufgeguckt, und das Brötchen hatte ich für die Frikadellen aufgehoben, und wenn du nicht so verfressen gewesen wärst, dann …«

Da dies ein Thema war, das Florian nicht weiter erörtern wollte, die paar Kilo zu viel würde er nach Weihnachten schnell wieder runterkriegen, schob er sich an Tinchen vorbei aus dem Bett und griff zum Bademantel. »Ich komme noch mal mit runter!«

»Warte noch ein paar Minuten, ich muss die Tüten erst sortieren! Wenn ich rufe, kannst du kommen!«

»Tine! Heiligabend ist erst in drei Wochen!« Aber da hatte sie schon die Tür hinter sich zugeknallt. Wenigstens konnte er jetzt ein weiteres Mal versuchen, die letzten Spuren seiner Malerarbeiten zu beseitigen, denn trotz Verwendung sämtlicher vorhandenen Reinigungsmittel von A = Allesreiniger bis V = Very Clean with Oxygen hatte er nahezu das ganze Alphabet in Form von Pulver, Pasten und Flüssigkeiten unterschiedlicher Konsistenz ausprobiert, um die grüne Farbe von seinen Fingernägeln zu entfernen. Sie waren immer noch leicht hellgrün, und bisher war ihm noch keine Begründung für diese außergewöhnliche Farbnuance eingefallen – von der Tatsache als solcher mal ganz abgesehen, denn das Lackieren von Fingernägeln hatte bisher nicht zu seiner täglichen Körperpflege gehört.

Glücklicherweise bemerkte Tinchen nichts, und Florian dachte auch nicht mehr daran, nachdem sie ihm stolz eine riesige Baumarkttüte in die Hand gedrückt hatte.

»Guck mal, was da drin ist!«

Entgeistert sah er in der Tüte einen ganz modernen dunkelgrünen Christbaumständer, bei dem es »klick« macht, wenn man den Baum hineinstellt, und hinterher steht der wie eine Eins.

»So einen wolltest du doch immer schon haben, nicht wahr, Flori? Und das alte verrostete Ding von Toni nimmst du morgen mit und schmeißt es oben an der Ecke in den Altmetall-Container. Freust du dich denn gar nicht?«

Pichelsbergers Hütte

Anruf von Tochter Stefanie: »Kommst du mit in den Schnee, oder bleibst du zu Hause? Die Reservierung gilt nur bis heute, ich muss jetzt entweder buchen oder absagen, und Zeit zum Überlegen hast du doch wirklich genug gehabt!«

Natürlich hat sie recht, und natürlich würde es mich auch reizen, eine Woche lang in einer Skihütte irgendwo im Österreichischen einen richtigen Winter zu erleben mit Sonne und Schnee und abends Glühwein am prasselnden Kaminfeuer … nicht umsonst hatte meine älteste Tochter oft genug davon geschwärmt, denn gleich nach Weihnachten und meist noch in der ersten Januarwoche gönnen sich Steffi und Hannes eine Auszeit, überantworten Haus und Firma vertrauenswürdigen Mitmenschen und genießen auf irgendeiner gemütlichen Hütte Sonne, Schnee und Dolcefarniente.

In diesem Jahr soll allerdings ich einspringen, Hannes muss endlich sein Knie operieren lassen, irgendwas am Meniskus, ist nicht weiter schlimm, bloß lästig, dauert auch nur ein paar Tage, und im Januar ist einfach die beste Zeit dafür. Stefanie soll bloß machen, dass sie verschwindet, er braucht am Krankenbett niemanden, der ihn bedauert, leidtun würde er sich schon selber.

Nun bin ich aber kein Wintersportler, gehöre außerdem zur Generation Über Irgendwas, und Skilaufen habe ich sowieso noch nie gekonnt, ist mir immer zu gefährlich gewesen. Oder weshalb sonst sieht man am Jahresanfang sogar hier bei uns im Flachland jene gebräunten Gestalten mit Gips am Fuß und zwei Krücken in den Händen durch den Kurpark schlurfen, wo sie sofort die nächste Bank anpeilen und sich erst mal ausruhen müssen, bevor sie weiterhumpeln. Was also machen Nicht-Wintersportler wie ich in Österreich mit ihren Händen, wenn sie beim ganz normalen Gehen nicht mit der linken Hand die geschulterten Skier festhalten und mit der rechten Hand nicht bei jedem Schritt die beiden Skistöcke in den Schnee rammen müssen? Soll ich da einfach nur so rumlaufen mit gar nichts dabei außer einer Hundeleine?

Spazieren gehen mit Charlie ist bestimmt gesund, allerdings auch ziemlich langweilig, da verbale Kommunikation eingeschränkt, doch Steffi hat noch ein As im Ärmel. »Uschi und Fabian würden sich gern dranhängen, die Hütte ist ja für vier Leute ausgelegt.«

Kurzer Rückblick auf den Sommer 2000: äußerst preiswerten Urlaub auf Kuba gebucht, allerdings weitab vom Schuss irgendwo in der Pampa, Havanna nie gesehen, aber wenigstens das Meer war da und sogar ein bisschen Strand, nur die im Prospekt ausgewiesene Tauchbasis hatten wir nirgends gesichtet; wenn man jedoch ambitionierte Sporttaucher in der Familie hat, dann wollen die natürlich im Urlaub ins Meer, und das möglichst tief.

Am dritten Tag unseres Aufenthalts tatsächlich stark geröteten Jüngling erblickt mit Flossen unterm Arm und Lungenautomat in der Hand ... Steffi sofort hinterher, aber aus dem Tauchen ist dann doch nichts geworden, weil entweder der Motor vom Tauchboot kaputt ging oder der Kompressor für die Atemluft oder das Meer zu stürmisch und die Wellen zu hoch gewesen waren ... Die verhinderten Taucher luden erst gegenseitig ihren Frust ab, dann jedoch trösteten sie sich damit, dass es fast überall Gelegenheit zum Tauchen gibt, aber wo findet man sonst noch jeden zweiten Abend eine Kakerlake im Bett und/oder im Schrank, wo kriegt man zwei Wochen lang Pfefferminztee zum Frühstück, weil's keinen anderen gibt, wo lernt man gratis Salsa tanzen, und wo kann man während eines Rundflugs beinahe aus dem Hubschrauber fallen, weil plötzlich die Tür weg ist? Eben!

Solche gemeinsamen Erlebnisse verbinden natürlich, und obwohl aus dem damaligen Schüler inzwischen ein Student geworden und seine Mutter von der Lehrerin zur Konrektorin avanciert ist, hat sich aus der damaligen Reisebekanntschaft eine echte Freundschaft entwickelt.

»Also wenn die zwei Bayern auch kommen, dann bin ich mit von der Partie!«, sichere ich Steffi zu. »Mach's fest!«

Warum nicht mal wieder richtigen Schnee erleben? Noch dazu oben auf'm Berg, wo es nicht mehr weiter geht? Nur ein Ausflugslokal soll es in unmittelbarer Nähe geben, sonst nix außer viel Natur. Die drei Fotos im Internet sehen ja wirklich hübsch aus, zeigen neben der Hütte eine überdachte Terrasse, auf der es im Winter natürlich zu kalt sein wird, aber die Sitzecke im Wohnraum sieht sehr gemütlich aus mit der Holzbank und den bunten Kissen drauf, auch das große Bett im Zimmer daneben wirkt richtig einladend. Irgendwo muss allerdings noch der Doppeldecker stehen, Steffi hat schon freiwillig angeboten, im oberen Bett zu schlafen, ihr macht das nichts aus, sie ist schwindelfrei. Von der Küche gibt es zwar kein Foto, jedoch soll alles vorhanden sein, was man zum Überleben braucht, also Kühlschrank, Herd, Backofen … mehr erwarten wir ja gar nicht.

Abfahrt ist am sechsten Januar, und ich soll einen großen Topf mit Bolognese mitbringen, damit wir nicht gleich am ersten Abend kochen müssen. Außer den Spaghetti natürlich.

»Wo treffen wir denn die anderen?«, will ich wissen, nachdem wir uns mit Schwiegermuttersarg auf dem Dach – handelsüblich Skibox genannt – und randvoll gepacktem Auto auf der A 6 Richtung Nürnberg in den Verkehr eingefädelt haben. Hund Charlie thront – vorschriftsmäßig gesichert – auf der Hutablage, hat freien Blick nach hinten und verbellt jeden Lkw, den wir überholen. Nach 50 Kilometern ist er heiser.

»Seidels warten in der Raststätte Bayrischer Hof oder Bayrischer Wald oder wie auch immer, irgendwas mit Bayern jedenfalls«, sagt Stefanie. »Ich glaube, den Eingeborenen tut's immer noch leid, dass sie ihr ›königlich‹ nicht mehr davor setzen können. Königlich-Bayrische Bedürfnisanstalt … das klingt doch wenigstens nach was!«

Anderthalb Stunden brauchen wir, dann darf Charlie endlich raus, sucht einen Baum, findet keinen, pinkelt schließlich den Papierkorb an, sieht Fabian in der Tür vom

Restaurant stehen und rast vor Freude jaulend auf ihn zu. Bremsen quietschen, Schimpfwörter fallen, aufgrund mangelnder Kenntnis des bayrischen Vokabulars von mir nicht als Beleidigung eingestuft, sodann allgemeine Begrüßung auf Hochdeutsch – Seidels beherrschen es akzentfrei. Nein, ins Restaurant wollen wir nicht, Kaffee schlägt viel zu schnell auf die Blase, lieber gleich weiterfahren, Land gewinnen.

»Dann treffen wir uns das nächste Mal an der Pickerlkasse«, sagt Fabian, steigt auf der Fahrerseite in Uschis Auto, ignoriert ihren Protest und fährt los.

»Wo wollen wir uns wieder treffen?« Muss wohl nicht richtig zugehört haben.

»An der Grenze, wo es die Aufkleber gibt. Eintrittsgeld für Österreich!«

Muss man das verstehen? Nein, muss man nicht. Es genügt, wenn man zahlt.

Österreich besteht streckenweise nur aus Tunnels unterschiedlicher Länge, gelegentlich unterbrochen von kurzen Abschnitten, in denen man doch mal ein paar Minuten lang andere Berge sieht als jenen, durch den man gerade gefahren ist. Nach dem siebzehnten Tunnel – 1,8 km lang – können wir endlich von der Autobahn runter, und ab dann wird es von einer Minute zur anderen Winter. Plötzlich liegt überall Schnee! Richtiger festgefahrener Schnee, auf dem das Auto trotz Winterreifen gelegentlich ins Rutschen kommt, die Ortsschilder halb zugeschneit sind und ich nachsehen muss, ob im Handschuhkasten die Gebrauchsanweisung zum Aufziehen der Schneeketten liegt. »Hast du überhaupt welche dabei?«

Steffi sagt ja. Griffbereit im Kofferraum. Allerdings unter dem ganzen Gepäck.

Es gibt Autofahrer, die sich in ihnen unbekannten Gegenden trotz Straßenkarte und vorher von Insidern genau erklärter Wegbeschreibung erst einmal gründlich verfahren. Dazu gehöre ich!

Dann gibt es jene Fatalisten, die sich nach der Devise »Ich werde mich schon irgendwie durchfragen« auf den Weg machen und dabei genau an jene Person geraten, die zufällig in der gesuchten Straße wohnt; und schließlich gibt es Glückskinder, die sich auf ihren Instinkt verlassen und damit fast immer richtig liegen. Stefanie ist auch so eins. Deshalb stehen wir nun mittags um zwei Uhr auf einem Parkplatz und beäugen jene Straße, die nebendran ziemlich steil aufwärts führt und nach einer Kurve irgendwo im Nichts verschwindet. *Zur Moser-Alm 1,8 km* steht auf dem schon etwas verwitterten Wegweiser, und genau das ist der Name jenes Gasthauses, in dessen Sichtweite unsere Hütte sein soll.

»Ohne Ketten kommen wir da nie rauf!«, konstatiert Fabian und holt seine schon mal heraus. »Das sieht verdammt glatt aus.«

Ist es auch, denn als nach anderthalb Stunden an beiden Autos die Schneeketten aufgezogen, die rundherum verteilten Habseligkeiten wieder im jeweiligen Kofferraum verstaut und die beiden nicht mit der Montage beschäftigten Expeditionsteilnehmer bis auf die Knochen durchgefroren sind, geht es gaaanz laaangsam die Serpentinen aufwärts, immer noch eine Kurve und noch eine, links Berg, rechts Abhang ohne Leitplanken, dafür mit vielen tief verschneiten Büschen und Bäumen, und die Straße gerade breit genug, dass zwei Autos nebeneinander Platz haben.

»Müssen wir da etwa jeden Tag wieder runter?«

»Ja. Und wieder rauf!«, sagt Stefanie. »Das Skigebiet liegt ein paar Kilometer weit weg auf der anderen Seite.«

»Dann übernehme ich freiwillig Hund und Haushalt!«, sichere ich sofort zu. »Hier kriegt ihr mich erst auf der Heimfahrt wieder runter!«

Und dann sind wir doch tatsächlich ganz oben angekommen! Die Straße ist zu Ende, die Moser-Alm nichts anderes als ein normales Haus mit unten einer Gaststube, in der eine schon sehr betagte Oma vor einer noch älteren Nähmaschine sitzt und ein auf dem Töpfchen herumrutschendes Kleinkind beaufsichtigt. Von einem Schlüssel, den wir hier abholen sollten, weiß sie nichts, »weil die Anni ist schon lang ins Dorf gefahren, die muss bald zurück sein«. (Freie Übersetzung, da Originalversion schwer in Schriftdeutsch zu bringen.)

Als die Anni nach einer guten halben Stunde endlich kommt, haben wir unser künftiges Domizil bereits mehrmals von außen umrundet, durch jedes der insgesamt vier kleinen Fenster geguckt und unsere Erwartungen im Hinblick auf Größe, Komfort und Gemütlichkeit schon mal um die Hälfte heruntergeschraubt. Am meisten vermissen wir den erwarteten Kamin. Es gibt keinen! Also wird es nichts mit Dämmerschoppen am offenen Feuer und Blick in die züngelnden Flammen. Liest sich immer so schön in einschlägigen Romanen, und Stefanie hatte ja auch davon geschwärmt.

Dann bringt Anni den Schlüssel und bittet uns im Namen von Frau Pichelsberger um möglichst sparsamen Wasserverbrauch, denn aufgrund des sehr trockenen Sommers herrsche zwar noch kein direkter Mangel, aber die Reserven seien erheblich geringer als normal.

»Baden also nur am Samstag, und dann natürlich nacheinander im selben Wasser!«, ordnet Fabian an. »Und fürs Kaffeewasser wird Schnee geschmolzen!«

Die Einzige, deren unverhohlenes Entsetzen sich in Grenzen hält, bin wohl ich, denn als absolutem Neuling fehlt mir die Vergleichsmöglichkeit zu anderen Skihütten, deshalb finde ich das Stockbett gegenüber jener Sitzecke zwar nicht gerade dekorativ, aber woanders wäre gar kein Platz mehr gewesen, und genau deshalb gibt es auch keinen Schrank, sondern nur eine Truhe mit Deckchen drüber und dreiarmigem Kerzenständer ohne Kerzen drauf sowie ein Hängeschränkchen mit genau abgezähltem Geschirr, also vier Tassen, vier Teller, vier Gläser, vier Suppenteller ...

Zwischen Truhe und Bett steht das mit Gas betriebene und nur knapp ein Meter hohe Kachelöfchen, auf dem – wie uns eine handgeschriebene Notiz informiert – keine Wäsche getrocknet werden darf.

Der von Mutter und Sohn Seidel erwählte Nebenraum – ohne Fenster, deshalb hängen wir sofort die Zwischentür aus – besteht aus einem großen Doppelbett mit gerade mal ein bisschen Platz zum Vorne-Vorbeigehen sowie einem schmalen Kleiderschrank ohne Fächer. Natürlich bieten wir ihren Slips, Hemden und sonstigen Dessous Asyl in unserer Truhe und haben mitunter das Vergnügen, morgens noch im Dunkeln einen leise vor sich hin fluchenden Fabian zu erleben, der erst über einen im Weg stehenden Stuhl,

Hocker oder auch mal Charlies Snoezelkissen stolpert, sich dann zur Truhe tastet und mit einem halben Dutzend Unterhosen abzieht in der Hoffnung, darunter auch eine eigene zu finden. Nein, Licht will er auf keinen Fall machen, sonst könnten wir eventuell aufwachen. Bei Seidels im Schrank hängen wiederum unsere Hosen und Pullover, aber die kann man auch etwas später holen, zieht man bis dahin eben die von gestern noch mal an.

Das absolute Highlight ist allerdings die Küche, maximal drei Quadratmeter groß, möbliert mit einem aber schon sehr kleinen Kühlschrank, einem zweiflammigen Herd ohne Backofen, einem Regal mit einigen Töpfen sowie einer Bratpfanne und einem Minispülbecken mit nachgemessenen 27 Quadratzentimetern Abstellfläche nebendran. Wenn gerade die tief gefrorenen Schnitzel zum Auftauen im Becken schwimmen, müssen wir die Karotten nebenan im Bad abspülen, und einmal waschen wir die geschälten Kartoffeln aus Platzmangel sogar draußen im Schnee.

Geschirrspülen ist besonders aufwendig. Mehr als zwei Personen gehen gar nicht in die Küche, also bilden wir so eine Art Eimerkette, wie ich das seinerzeit noch bei den regelmäßig anberaumten Luftschutzübungen gelernt hatte; statt gefüllter Wassereimer reichen wir allerdings nur Teller und Töpfe weiter, und bereits am zweiten Tag sind wir ein eingespieltes Team. Uschi spült die erste Schüssel, gibt sie mir, ich trockne sie oberflächlich ab, reiche sie an Steffi weiter, die sie trocken reibt und schließlich dem hin und her eilenden Fabian in die Hand drückt, damit er sie erst mal im Wohnraum auf dem Esstisch abstellen und sofort zurückspurten kann, um das nächste Geschirrteil entgegenzunehmen.

Erwähnen sollte ich noch, dass es in der bereits am ersten Abend auf »das Kochloch« getauften Küche lausig kalt ist, denn es gibt keine Heizung, und die als Haustür bezeichneten zusammengenagelten Bretter sind allenfalls für einen Geräteschuppen brauchbar, nicht jedoch für an Zentralheizung gewöhnte Zivilisationsgeschädigte, die daheim auch im Winter kurzärmelige Pullover tragen, aber sofort zur Jacke greifen, wenn sie die Post draußen aus dem zwei Meter entfernten Briefkasten holen wollen.

Bereits am nächsten Mittag habe ich genug von Hauswirtschaft, vom eiskalten Kochloch und vom Gassi-Stapfen mit Charlie, der gelegentlich im Tiefschnee versinkt, mit seinem weißen Fell kaum zu sehen und erst dank seines heiseren Bellens zu finden ist und mitunter regelrecht ausgebuddelt werden muss. Am meisten jedoch habe ich die Nase voll vom österreichischen Radioprogramm, dessen Musikbestand noch aus den siebziger Jahren des letzten Jahrtausends stammen muss. Der Apparat selber ist auch nicht wesentlich jünger, mehr als zwei Programme hat er nicht drauf, und meinen kleinen Fernseher hatten wir erst gar nicht mitgenommen.

»Brauchen wir nicht«, hatte Stefanie gesagt, »so 'n Kasten steht doch heute schon beim Zahnklempner im Wartezimmer!«

Stimmt, aber wir bewohnen ja nicht ein solches, sondern eine österreichische Holzhütte oben auf'm Berg, und wenn man hier noch nie was vom Fernsehen gehört haben sollte, würde es mich auch nicht wundern.

Kurz vor drei Uhr fängt Charlie an zu bellen, sicheres Zeichen für die Heimkehr der Wintersportler. Dann trampeln sie auch schon heran, krebsrot im Gesicht, ob von der Sonne oder von der Kälte, bleibt dahingestellt, wahrscheinlich trifft beides zu, duschen wollen sie, und Hunger haben sie auch. Ersteres entfällt, da Bad eiskalt, müsste erst mal mittels Heizstrahler angewärmt werden, dauert aber ziemlich lange. Außerdem kippelt die Wanne, steht nämlich noch auf ihren kleinen Füßchen, hat man heute gar nicht mehr, die sind doch überall längst eingekachelt, der industrielle Fortschritt im Sanitärbereich scheint noch nicht bis hierher gedrungen zu sein, und wenn man sich außerdem mit nur einer Handbrause begnügen muss, schwimmt hinterher sowieso der ganze Raum, also lässt man's besser gleich bleiben … Überhaupt muss duschen nicht unbedingt sein, geht auch mal ohne, wir Deutsche haben es sowieso viel zu sehr mit der Hygiene.

Eine Dreiviertelstunde beziehungsweise einen bis zur letzten Bohne verspeisten Gemüseeintopf später ist die Entscheidung gefallen: Ab morgen fahre auch ich mit ins Skigebiet, dort gibt es nämlich ein sonniges Hochplateau mit kilometerlangen Wanderwegen, und damit ich nicht so allein bin, wird mich außer Charlie auch noch Uschi begleiten. Vorhin ist sie nämlich gestürzt und hat wohl ihren Arm etwas geprellt, jedenfalls muss sie morgen pausieren, das ist notwendig, und ich solle gar nicht protestieren.

Als ob ich das vorgehabt hätte …

Bis heute glauben sie, ich hätte es nicht mitgekriegt, aber natürlich fällt es auf, wenn jeden Morgen ein anderer über irgendwelche Wehwehchen klagt. Erst ist es Uschi mit dem geprellten Arm, am nächsten Tag hat sich Stefanie in ihren neuen Skischuhen eine Blase gelaufen, was angeblich nicht möglich ist, aber mir kann man so etwas ja einreden, und am dritten Morgen hat Fabian angeblich Magenschmerzen, vermutlich wegen der sechs Pfannkuchen und den zwei Gläsern Punsch vom Abend vorher. Also habe ich diesmal sogar zwei männliche Begleiter, einen mit zwei und den anderen mit vier Beinen.

Parallel zu den gespurten Loipen ziehen wir über dieses riesige Plateau, lassen uns von der Sonne bescheinen und sehen den Drachenfliegern zu, die sich von ziemlich weit oben hinunterstürzen, gelegentlich nur ein paar Meter neben uns landen und von einem hysterisch bellenden West-Highland-Terrier attackiert werden, dem diese Art der Fortbewegung wohl etwas suspekt erscheint. Ski-Langläufer mag er aber auch nicht; die überholen uns immer, sind also schneller als er, und das billigt er allenfalls größeren Artgenossen zu, etwa vom Schäferhund an aufwärts!

Mittags treffen wir uns mit den zwei aktiven Sportlern in einer dieser Jausen-Hütten, wo es nicht nur sehr warm, sehr voll und meistens auch sehr laut ist, sondern wo auch so merkwürdige Sachen auf der Speisekarte stehen wie Mohnstrudel, Palatschinken und Flädlesuppe – Gerichte also, die eine Skihütten-Erstbesucherin aus Deutschland wieder vor ein neues Problem stellt. »Was, bitte, ist ein Milchrahmstrudel mit Schlagobers?«

»Warmer Kuchen mit Schlagsahne«, erläuterte Stefanie und bestellte eine Portion, »schmeckt großartig, ist aber ziemlich kalorienreich.«

»Und das isst du?«

»Momentan kann ich's mir leisten! Skilaufen zehrt!«

»Spazierengehen auch?« Egal, ich orderte Kaiserschmarrn, da weiß ich wenigstens, was das ist und wie er schmeckt, dazu ein Fläschchen Almdudler, von dessen Ingredienzen jeder, den man fragt, eine andere Vorstellung hat. Auf dem Etikett steht lediglich etwas von Kräuteraromen, während Uschi und Fabian mehr für etwas Handfesteres sind, nämlich für Schweinshaxen. Logisch, sie sind Bayern, grenzt ja an Österreich, da gibt es natürlich länderübergreifende Gemeinsamkeiten.

Offenbar wirkt sich solch eine ausgedehnte Mittagspause nachteilig auf sportliche Betätigung aus, jedenfalls meint Stefanie, auf halber Höhe seien sie ja eh, also noch mal ganz nach oben müsse nicht sein, wenn's wenigstens Gondeln wären, aber im Lift sei es so scheißkalt, sie fährt jetzt ab, und dann reicht es für heute.

Als Laie hat man Schwierigkeiten mit Fachausdrücken, das fängt beim Abfahren an, was ich bis dato mit Bus und Bahn in Verbindung gebracht hatte. Weshalb sagt man nicht »Runterfahren«? Das verstehen auch Unwissende. Später erwähnt jemand eine blaue Piste, es war aber nirgends eine zu sehen, und weshalb jener junge Skilehrer seinen gerade dem Kindergarten entwachsenen Schülern permanent *Pizza* und *Pommes* entgegen ruft, habe ich erst zu Hause erfahren, und zwar von meinem Enkel Tim, der im Jahr davor seinen ersten Skikurs absolviert hatte. »Pizza heißt offen fahren und Pommes heißt zu!«

Alles klar? Mir auch nicht!

Ski-, Schlepp- und sonstige Lifte werden von Skisportlern nur zum Aufwärtsfahren gebraucht, runter kommen sie auf ihren Brettern und gelegentlich mit dem Rettungsschlitten, aber so gut wie nie als halb erfrorene Skulpturen. Der Sessellift, mit dem wir abwärtsschaukelten, bleibt nämlich unterwegs einfach stehen, unsere Sitze hängen zwischen zwei Pfeilern, vier bis fünf Meter unter uns verschneites Gestrüpp, über uns grauer Himmel, aus dem sanft, aber konstant Schneeflocken rieselten, und um uns herum ziemlich viel Wind.

Wie lange wir zwischen Himmel und Erde hängen, weiß ich nicht genau, was aber irgendwie nicht stimmt, denn natürlich weiß ich es, ich sehe ja alle zwei Minuten auf die Uhr. Acht Minuten sind es insgesamt, aber es kommt mir wie mindestens eine Stunde vor. Und dann werden wir an der Talstation noch nicht einmal mit warmen Decken und heißem Tee empfangen, wie das bei solchen Vorkommnissen obligatorisch ist. Doch das machen die bestimmt bloß, wenn das Fernsehen da ist. Paris Hilton fliegt aber lieber nach Kitzbühel.

Stefanie schiebt uns zum Aufwärmen in die Skihütte; offenbar gibt es solch eine Jausen-Station überall dort, wo man warten muss, also zuerst ganz unten, wo man nach einer Liftkarte ansteht; auf halber Höhe steigt man von der Gondel um in den Sessellift, vorher muss man aber nachsehen, ob der Gustl, der Sepp oder die Judith schon heroben sind, wenn nicht, dann wartet man halt und trinkt irgendwas, doch bevor es dann weitergeht, sollte man vielleicht noch schnell aufs Häuserl, liegt meistens geradeaus am Tresen vorbei, dann hinten die Treppe runter und anschließend wieder zurück. Es soll sogar Skifahrer geben, die nur die Lifte kennen, aber nicht die Piste, weil sie's nie bis ganz oben geschafft haben.

»Was wollt ihr trinken?«, fragt Uschi, wartet erst gar nicht auf eine Antwort, entscheidet sich für die *Heiße Oma;* sie könne jetzt auch was Handfestes vertragen und wir halb Erfrorenen sowieso.

»Heiße was?« Wahrscheinlich wieder so ein obskures Gesöff, das man erst dann runter bringt, wenn man vorher schon eine alkoholische Grundlage geschaffen hat.

»Die heiße Oma besteht aus Rum mit Eierlikör und Sahne«, zählt Stefanie auf, »wobei es auf das Wohlwollen des Hüttenwirts ankommt, ob die Oma dich gleich nach dem ersten Glas umhaut oder erst etwas später. Aber keine Angst«, winkt sie ab, »ich trinke nichts, einer muss euch ja noch den Berg hochfahren!«

Es ist Fabians Idee gewesen, abwechselnd beide Autos zu benutzen, jedoch nur auf Stefanies Wagen die Schneeketten zu belassen. Ihn nehmen wir lediglich für die »Bergstrecke«, während wir mit dem anderen Wagen, der auf dem unteren Parkplatz abgestellt ist, ins Skigebiet fahren können, zum Einkaufen oder wohin auch immer, denn außer der Zufahrt zu unserer Einöde waren die Straßen schneefrei.

Vierter Tag: Noch dunkel draußen, trotzdem merkwürdige Geräusche auf dem Dach, hört sich an wie ungleichmäßiges Scharren. Wildschwein? Gibt's hier nicht. Hirsch? Reh? Hase? Oder doch nur Katze? Fabian – todesmutig mit Skistock in der einen und Taschenlampe in der anderen Hand – geht der Sache auf den Grund. Es ist aber nur Herr Pichelsberger, der den frisch gefallenen Schnee vom Dach schaufelt, bevor es durchbrechen könnte. Klingt nicht gerade nach solider Bauweise.

Neuschnee ist bei Skiläufern wenig beliebt, also Ruhetag mit Sightseeing. Es gibt nicht viel zu sehen, aber wenigstens ein Lebensmittelgeschäft entdeckt, das tatsächlich Brot ohne Kümmel hat. Rarität in Österreich!

Unmöglich, die im Schnee verlorengegangene kleine Schraube vom Kotflügel zu ersetzen, da österreichische Tankstellen auf derartige Wünsche nicht vorbereitet sind. Bei der vierten Werkstatt endlich kompetente Auskunft erhalten: Sechs Kilometer weiter gibt es eine Reparaturwerkstatt für landwirtschaftliche Maschinen, die haben Schrauben!

Vergessen, Ofen vor Abfahrt anzustellen, Hütte bei Rückkehr knapp über sechs Grad – wenigstens über null. Flucht rüber zur Moser-Alm. Kleinkind sitzt noch immer – oder schon wieder? – auf dem Töpfchen, Oma liest Zeitung mit Lupe, Anni könnte uns einen Kaiserschmarrn machen, sagt sie, Gäste kommen um diese Zeit nämlich selten hier herauf.

Wir verzichten auf das Angebot, haben jedoch keine Lust, im Kochloch länger zu frieren als unbedingt nötig – Hütte inzwischen schon auf über zehn Grad erwärmt – aber Grießbrei habe ich schon als Kind gehasst.

Fabian muss endlich Skat spielen lernen …

Fünfter Tag: Herrliches Sonnenwetter, also nichts wie auf die Piste, Uschi will aber nicht, jedenfalls nicht mit Skiern, lieber spazieren gehen, strengt weniger an, und braun im Gesicht wird man trotzdem. Charlie freut sich auch, er ist ein Gesellschaftshund und hat gerne Leute um sich.

Die Sonne scheint, der Schnee knirscht, übermorgen geht's

wieder nach Hause, das Wetter dort ist nicht so toll, zur Zeit vier Grad, ob über oder unter null, war nicht mehr zu erfahren, da Akku vom Handy endgültig leer, Kabel für die Steckdose liegt zu Hause. Charlie hat endlich einen Pfahl entdeckt, den er anpinkeln kann, tut es ausgiebig, also Zeit genug, das zu lesen, was oben drüber auf dem Schild steht: *Schlittenfahrt mit Pferdegespann, Dauer anderthalb Stunden, Anmeldung beim Huber-Bauer, 300 m geradeaus.*

»Das wär's doch!«, sagt Uschi und steuert den Bauernhof an. Nach zehn Minuten ist alles perfekt, erst Schlittenfahrt, und danach das Abschiedsessen beim Ferdl; hoch gelobtes Restaurant im Nachbarort, ohne Tischbestellung geht gar nichts, haben wir auch gleich am zweiten Tag gemacht. Wird bestimmt ein schöner Ausklang unserer Schneewoche.

»Also dann morgen um hoiber sechse rechts neben dem Unfall-Häuserl, und die Birgit wird foahrn, macht sie schon seit Joahrn, is a tüchtig's Madl«, sagt der Huber-Bauer.

»Wie alt?«, will Uschi wissen.

»Gaht auf die 40 zu!«

»Ja, dann ...«, murmelt sie, wobei offen bleibt, ob Uschi nun Birgits Erfahrung im Umgang mit zwei Ackergäulen meint oder den österreichischen Charme, eine gestandene Frau als Mädchen zu bezeichnen.

Verabredungsgemäß unsere Skiläufer vor der unteren Jausen-Station getroffen, wollen nicht noch mal abfahren, oben ist es ziemlich vereist, und der Wind hat auch zugenommen. Nachdem sie sich zu Charlie hinabgebeugt und ihn begrüßt hat, jault Steffi los: »Kann mich mal jemand wieder hochziehen? Mir tun alle Knochen weh!«

Wie war das doch gleich mit der Körperertüchtigung und dem Wohlbefinden?

»Treibt Sport, oder ihr bleibt gesund!«

Rückkehr in das unterkühlte Behelfsheim, Uschi tobt sich im Kochloch aus, es gibt ein 3-Gänge-Menü bestehend aus Champignon-Cremesuppe (Tüte!), Schnitzel (unpaniert, da Semmelbrösel vergessen) mit Blumenkohlröschen (Tiefkühltruhe) und Sahnesoße ohne Sahne, und eine halbe Stunde später das Dessert, nachdem wir die Packung mit dem Walnuss-Eis endlich im Schnee wiedergefunden haben.

Um halb zehn hat Fabian sein erstes Skatspiel gewonnen!

Letzter Tag: Die Youngster schicken wir auf die Piste, da sind sie aus dem Weg, und nachher sollen sie die Skier gleich unten lassen im anderen Auto, was sie natürlich prompt vergessen. Der Mensch ist eben ein Gewohnheitstier, manchmal sogar schon nach wenigen Tagen. Uschi fängt mit Kofferpacken an, weiß aber nicht, was Fabian abends anziehen will, beim »Ferdl« soll's ja ziemlich vornehm zugehen; sie lässt sich jedoch überzeugen, dass jener Fresstempel durch seine Küche bekannt geworden ist und vermutlich auch durch seine Preise, aber ganz bestimmt nicht wegen der eventuell befrackten Kellner.

»Du hast ja recht! Auf unserer Schlittenfahrt brauchen wir sowieso Skihosen und Daunenjacken, gestern Abend um zehn hatten wir draußen schon acht Grad minus!«

»Was hast du denn um diese Zeit draußen gemacht?«

»Die Milch reingeholt, aber da war sie schon gefroren …«

Pünktlich um halb sechs sind wir am Treffpunkt, wo ein wunderschöner alter Eisenschlitten mit ganz schmalen Kufen und einer beinahe schon antiken Stalllaterne vorne links auf uns wartet. Das ganze Gespann erinnert an die Illustrationen in einem Buch von Peter Rosegger, das ich in- und auswendig kannte, weil es im Bücherschrank meines Großvaters die einzige Lektüre war, mit der eine Achtjährige etwas anfangen konnte. Die Geschichte von der Christtagsfreude hatte mir am besten gefallen.

Wenn man direkt vor ihnen steht, dann sind Pferde ziemlich groß, größer jedenfalls als im Fernsehen, und wenn dazu noch die Kutscherin – oder vielleicht Kutschöse? –, also jene Dame mit der Peitsche in der Hand gerade mal anderthalb Meter lichte Höhe an die Messlatte bringt, fragt man sich als Laie ja doch, ob sie die beiden Apfelschimmel überhaupt zum Loslaufen bringen wird, vom Bändigen eventuell durchgehender Rösser gar nicht zu reden!

Sie kriegt's aber hin! Und wie! Kaum sitzen wir im Schlitten, in Decken verpackt bis zur Halskrause – »Ich bin die Birgit, grüß Gott miteinand'« –, da ziehen die Pferde auch schon an, die am Zaumzeug hängenden Glöckchen bimmeln, und los geht's in die Dunkelheit, die aber gar nicht so dunkel ist, weil der Schnee den Mondschein reflektiert, und Sterne sind ja auch noch da.

Geredet wird kaum, es gibt auch nichts zu sagen; ich glaube, jeder von uns genießt diese Fahrt einfach nur – diese Stille rundherum, als einzige Geräusche das Knirschen der Kufen im Schnee und das gelegentliche Schnaufen der Pferde. Zweimal begegnet uns ein anderer Schlitten, ein »Grüß euch!« fliegt hin und her, dann ist es wieder still. Bis es plötzlich richtig laut wird, als wir nämlich vor einer mitten in der vermeintlichen Wildnis stehenden Jausen-Hütte halten, vor der schon vier andere Gespanne parken. Die Pferde brauchen eine Pause zum Verschnaufen und zum Tränken, erklärt Birgit, und wir möchten bestimmt auch etwas trinken.

Wollen wir eigentlich nicht, aber uns bleibt ja nichts anderes übrig, und überhaupt kennt man das doch! Egal, wo man im In- oder Ausland einen organisierten Ausflug macht, landet man unweigerlich in irgendeinem Lokal, in dem der Rudelführer Prozente kriegt.

Birgit empfiehlt uns auch die allseits beliebte Spezialität des Hauses, nämlich ein rubinrotes Heißgetränk mit einer Zitronenscheibe am Rand, das wirklich großartig schmeckt. Nur ist das Glas zu klein oder der Durst doch größer als vermutet, jedenfalls ordern wir noch eine Runde, und das ist genau eine zu viel.

Fünf Schritte an der frischen Luft reichen, und hätte Fabian nicht zugegriffen, läge ich jetzt im Schnee, weil mir die Beine einfach weggeknickt sind.

Steffi schafft es noch bis zum Schlitten und hält sich dort erst einmal fest, Uschi geht aufrecht Schritt für Schritt vorwärts, verfehlt unser Gefährt allerdings um zwei Meter, und nur unseren Jüngsten scheint das Höllengetränk nicht beeindruckt zu haben. Wen wundert's, er ist noch Student, die sind meistens ganz gut trainiert.

Für den Rückweg brauchen unsere Pferdchen nicht einmal halb so lange wie für die Hinfahrt, Birgit schält uns aus den Decken, nimmt dankend Fahrpreis und Trinkgeld in Empfang, Uschi darf noch ihre mitgebrachten Möhren verfüttern, und dass es »bis zum Ferdl zwoa Kilometer« weit ist, erfahren wir auch noch. »Pfüat euch und a gute Heimfahrt.«

Die Überlegung, ob Taxi oder nicht, erübrigt sich, weit und breit ist keins zu sehen, und überhaupt tut uns so ein bisschen Laufen bestimmt gut.

Deshalb sind wir auch wieder stocknüchtern, als wir vor der bereits mit Frühlingsblumen dekorierten Doppeltür vom Ferdl stehen.

»Ist ja wie bei uns«, freut sich Stefanie, »kaum sind die Weihnachtsmänner weg, kommen die Osterhasen raus!« Dann gibt sie Fabian einen Stoß. »Nu' mach schon! Heute bist du der einzige Mann, also worauf wartest du noch?«

Auf uns hatte man offenbar auch schon gewartet, immerhin sind wir fast eine Viertelstunde zu spät. Nein, underdressed sind wir nicht, die meisten Gäste sitzen in winterlichem Outfit vor ihren Tellern und haben vereinzelt sogar sehr unelegante Getränke vor sich stehen, also keinen Jahrgangswein oder den Eiskübel mit Flaschenhals oben raus, sondern normales Bier und alkoholfreies Buntes, allerdings mit saisonalem Aufpreis und noch ein bisschen Luxuszuschlag, denn Steffis Cola wird natürlich im Kristallglas serviert, und die in Leder gebundene mehrseitige Speisekarte hat annähernd Zeitungsformat.

»Was haltet ihr von Fisch?«, frage ich in die Runde. »Muss doch nicht immer Rumpsteak sein oder Schnitzel mit Pommes und Salat!«

»Fisch? Hier mitten zwischen den Bergen?«, zweifelt Uschi. »Wo kommt der denn her?«

»Wahrscheinlich hat man ihn hergetragen, schwimmen konnte er bestimmt nicht mehr!«, vermutet Fabian und schlägt die nächste Seite auf. »Sauerbraten Husarenart klingt doch gut, ich glaube, den nehme ich.«

»Hört sich an wie vom Pferd.« Das kommt von Stefanie. »Määm hat recht, es muss wirklich nicht immer Fleisch sein.« Fragend sieht sie mich an. »Ich nehme die Seezunge, du auch?«

»Nein, lieber die Forelle.« Wahrscheinlich ist die Seezunge nur deshalb so beliebt, weil sie von allen Fischen am wenigsten wie einer schmeckt.

Ich klappe die Speisekarte zu. Steffi auch. »Also, dann zweimal Forelle!«

Uschi schwankt noch zwischen Steak und Ente, lässt sich dann doch von Fabian zum Grillteller für zwei Personen überreden. »Kostet 21 Euro, kommt also billiger als zweimal Steak.«

Der Kellner, übrigens nicht im Frack, sondern in einem trachtenähnlichen Anzug, der ein bisschen an das Fanfaren-Korps einer rheinischen Karnevalsgesellschaft erinnert, nimmt die Bestellung auf und geruht zu fragen, was die Herrschaften denn zu trinken wünschen. Steffi wünscht eine weitere Cola, Uschi ordert einen Almdudler, den wollte ich auch, und Fabian bestellt einen Apfelsaft – der Miene des Kellners nach zu urteilen sind das keineswegs jene Getränke, die man zu den gewählten Speisen üblicherweise konsumiert.

Unsere Forellen werden serviert, sehen lecker aus, hoffentlich schmecken sie auch so, aber wir wissen ja, was sich gehört, und warten auf die Grillplatten. Und dann marschieren sie auch schon auf, die vier Kellner – der erste trägt einen Beistelltisch, der zweite die vorgewärmten Teller und die beiden anderen jeweils eine Platte von jener Größe, die zu Hause im Küchenschrank ganz unten steht, höchstens einmal in zwei Jahren gebraucht wird und hinterher von Hand gespült werden muss, denn in die Maschine geht dieses Trumm gar nicht rein.

Die beiden Platten werden auf dem Beistelltisch abgeladen, die Herren Kellner wünschen einen guten Appetit und treten ab. An den Nachbartischen wird getuschelt, ich schnappe das Wort »fasten« auf, Stefanie will »Wette einlösen« gehört haben, Fabian überlegt, womit er anfangen soll, ob mit dem Rumpsteak oder mit dem Schnitzel, die kleinen Tournedos sehen aber auch lecker aus, von den glasierten Möhrchen, den Spargelspitzen, dem anderen Grünzeug und den Strohkartoffeln gar nicht zu reden. Sogar Charlie, ein geübter Restaurantbesucher, der sonst friedlich unterm Tisch liegen bleibt, kommt hervor und schnuppert interessiert.

»Ja, das reicht auch noch für dich!«, verspricht Fabian. »Du musst nur warten, bis sich das allgemeine Interesse etwas gelegt hat.«

Es legt sich wirklich, und als Steffi und ich angenehm gesättigt das Besteck zusammenschieben, kämpfen sich Uschi und Fabian immer noch tapfer durch ihre Grillteller, auf denen die sehr dekorativ drapierten Leckerbissen kaum abnehmen. Immer wieder verschwindet eine Hand unter dem Tisch mit einem Stück Fleisch zwischen Daumen und Zeigefinger, ab und zu lässt sich ein mit dem Schwanz wedelnder Charlie kurz blicken, um seinen Gönnern zu danken und gleichzeitig anzudeuten, dass er weiteren Zuwendungen nicht abgeneigt sei, und trotzdem wird es auf den beiden Platten nicht sichtbar weniger. Steffi pickt sich von Fabians Teller ein paar Spargelspitzen herunter, Uschi will mir unbedingt eins von den niedlichen Tournedos reichen, das dann auch prompt im Almdudler landet ... Irgendwie läuft bei diesem Abschiedsessen alles ein bisschen schief.

»Dieser Grillteller muss auf österreichische Bauernmägen zugeschnitten sein«, stöhnt Fabian und legt das Besteck an den Tellerrand, »ich kapituliere!«

»Ich auch!«, sagt Uschi. »Schade um das Schnitzel, aber ich kriege keinen Bissen mehr runter!«

Zum Abräumen kommen nur zwei Kellner, und zum Überreichen der zwei Mäppchen mit der jeweiligen *Faktura* genügt einer. Während ich bezahle, studiert Uschi ihre Rechnung. »Wieso kosten die Grillteller jetzt 42 Euro, wenn sie auf der Speisekarte doch mit nur 21 Euro ausgezeichnet sind?«

Der Kellner scheint etwas irritiert, fängt sich aber gleich wieder. »Bedaure, gnä' Frau, aber es scheint sich hier um ein Missverständnis zu handeln.«

»Das dachte ich mir«, sagt Uschi, »macht ja nichts, Irrtümer geschehen überall mal. Dann bekommen Sie jetzt ...«

»Pardon, gnä' Frau, aber die Rechnung ist absolut korrekt. Sie hatten zwei Grillteller für zwei Personen bestellt, also ...«

Jetzt mischt sich Fabian ein: »Mutter, er hat recht! Ein Grillteller ist für zwei Personen ausgelegt, liegt ja auch genug drauf, aber du hast zwei bestellt!«

»Und warum hast du das nicht vorher gesagt?«

»Weil ich es auch erst jetzt geschnallt habe!«

Uschi wechselt die zwei kleineren Scheine gegen etwas Größeres aus und klappt das Mäppchen wieder zu. Der Kellner entfernt sich, kommt wenig später mit den Mäppchen samt Wechselgeld zurück und legt verstohlen ein in Stanniol gewickeltes Päckchen auf den Tisch. »Für den Hund.«

»Guck mal, Charlie, ein Doggybag!«, freut sich Stefanie und bedankt sich wortreich bei dem jetzt gar nicht mehr so distinguiert wirkenden Kellner; er habe daheim nämlich auch einen Hund, sagt er, einen Chow-Chow, und deshalb wisse er ja auch, wie teuer Hundefutter ist. »Wär' doch schad gewesen um das Fleisch.«

Von dem Trinkgeld, das Steffi noch zusätzlich im Mäppchen hinterlassen hat, könnte sie morgen allerdings *zwei* Schnitzel kaufen …

Stehkonvent auf dem unteren Parkplatz. Fabian meint, man käme jetzt auch ohne Schneeketten hoch, er will es mal versuchen, hat nämlich keine Lust, morgen früh zweimal runter zu fahren und den ganzen Kram von einem Auto ins andere zu laden, ist doch idiotisch, und überhaupt kann man's wenigstens probieren, er wird hinter Stefanie herfahren. Er kann ja immer noch rückwärts wieder runter, wenn's gar nicht klappt … Also gut, mehr als schiefgehen ist nicht drin, Steffi setzt sich an die Spitze, Uschi steigt bei Fabian ein, obwohl sie das eigentlich gar nicht möchte, doch ihr Sohn meint, er brauche mehr Gewicht im Wagen (ich hätte eher das Gegenteil vermutet, aber Physik ist nie mein Fach gewesen, ich habe es noch mehr gehasst als Mathe), und dann rollen wir tatsächlich langsam hintereinander aufwärts.

»Na also, geht doch!«, frohlockt Stefanie und schaut immer wieder in den Rückspiegel. »Sie hängen noch dran!«

Es ist die vorletzte Kurve, hinter der Steffi abrupt auf die Bremse tritt. »Was um alles in der Welt ist denn hier los?«

Vor uns stehen hintereinander drei hell erleuchtete und rundherum blinkende Feuerwehrautos, ein halbes Dutzend Männer in voller Nahkampfmontur wieseln herum, das Seil einer Winde wird abgerollt – wir sehen uns an und haben denselben Gedanken: Vielleicht sind das gar nicht alle Wagen, und hinter der Kurve stehen noch mehr? Ist etwa Pichelsbergers Hütte abgebrannt? Wenn ja, warum? Wer hat seine Socken auf dem Ofen liegen lassen? Oder haben wir vergessen, die jeden Morgen vor dem Frühstück zwecks optischer Erwärmung angezündete Kerze auszublasen? Steht zwar auf einer Untertasse, könnte natürlich umgefallen sein … Der Heizstrahler im Bad vielleicht? Wer morgens zuerst wach wird, hat die Pflicht, dieses auch schon reichlich antiquierte Teil einzuschalten, damit man sich später bei der ohnehin auf ein Minimum beschränkten Morgentoilette keine Frostbeulen holt, Gänsehaut genügt vollauf. Der Letzte muss das Ding ausschalten, hat er etwa nicht?

Fabian klopft ans Fenster, hinter ihm steht Uschi. Also steigen wir auch aus.

»Haben wir das Kochloch abgefackelt?«, mutmaßt Fabian. »Oder welchem Umstand ist dieser Auftrieb hier zu verdanken?«

Im selben Augenblick kommt ein Uniformierter auf uns zu. »Es wird wohl noch ein paar Minuten dauern, bevor Sie weiterfahren können …«

»Wo brennt's denn überhaupt?«, unterbreche ich ihn.

»Nirgendwo. Wir haben eine Nachtübung angesetzt, muss sein, ist Vorschrift, nur ist uns der zweite Wagen seitwärts abgerutscht, und den haben wir nicht mehr hoch gebracht. Einen Kranwagen haben wir holen müssen … aber jetzt dauert's nimmer lang.«

Das Nimmerlang dauert etwa 20 Minuten, dann steht auch das dritte rote Auto wieder auf allen vier Rädern, hintereinander schieben sie sich langsam das letzte Stück Berg hoch bis zum Parkplatz von der Moser-Alm, und dann können wir endlich vorbei.

Fabians Vorschlag, die doch sicher durchgefrorenen Männer in die Hütte zu bitten und mit einem wärmenden Hochprozentigen wieder aufzutauen, verwerfen wir dann doch. Er will sie nämlich bei dieser Gelegenheit fragen, ob die Pichelsbergerschen Räumlichkeiten überhaupt den Brandschutzverordnungen genügen und wie das denn sei mit offenen Heizstrahlern bei so viel Holz drum herum.

Eine Stunde später: Nachdem jeder seinen Koffer mindestens zweimal zugemacht und wenig später wieder aufgemacht hat, weil die Hüttenschuhe noch rein müssen oder die Weste, die man fünf Tage lang gesucht und am vorletzten Tag endlich hinter den Socken gefunden hat, beginnt Stefanie mit dem – ihre eigenen Worte – Sammeln von Beweismaterial. Sie fotografiert so ziemlich alles, was ihr missfallen hat, also das Kochloch von rechts und von links, den fensterlosen Raum mit dem Doppelbett und das Bad mit dem kleinen Waschbecken, von dem Uschi behauptet, die Vogeltränke in ihrem Garten sei größer.

Der Abschied am nächsten Morgen ist kurz und ereignislos. Anni von der Moser-Alm bekommt den Schlüssel, die

Oma zwei ausgelesene Illustrierte und das diesmal nicht auf einem Töpfchen geparkte Kind drei Riegel schwer entbehrlicher Kinderschokolade, Restbestand von Fabian, der sich nur zögernd davon trennt und nun mit Beschaffungsschwierigkeiten während der Heimfahrt rechnen muss.

Der Rest ist schnell erzählt: Bis zur Autobahn fahren wir noch hintereinander, dann kommen die siebzehn Tunnel, doch schon nach dem dritten verlieren wir das Auto mit dem AN auf dem Nummernschild aus den Augen. Weshalb wir für die Rückfahrt fast eine Stunde länger brauchen als für den Hinweg, liegt wohl daran, dass die meisten Sonntagsfahrer diesmal schon am Samstag unterwegs sind.

Nachtrag: Bereits vier Tage später war die Pichelsbergersche Hütte aus dem Internet verschwunden, und in den folgenden Ausgaben des offiziellen Hüttenkatalogs wurde sie nie wieder aufgeführt – Stefanie hatte lediglich mit knappen Kommentaren ein halbes Dutzend Fotos weggeschickt …

In letzter Minute

Wo soll ich jetzt 16 Tage vor Weihnachten noch ein passendes Geschenk für Tante Elfriede herkriegen?

Die Frage erübrigt sich zwar insofern, als man besagter Tante am besten etwas Gläsernes schenkt; viel schwieriger ist die Überlegung, was es aus Glas gibt, das sie noch nicht hat.

Und damit meine ich nicht etwa solch profane Dinge wie Blumenvasen, Aufschnittplatten oder Puddingschälchen, bei Tante Elfriede kann man bei fast allen Geschirrteilen durchgucken, was natürlich voraussetzt, dass sie flusen- und fingerabdruckfrei getrocknet wurden, aber dafür hat die Tante spezielle Handtücher. Die eignen sich übrigens auch gut zum Polieren des Bestecks, bedauerlicherweise aus Silber, aber es gibt tatsächlich noch keine gläsernen Teelöffel, nur welche, die von weitem zwar so aussehen und sich bei näherer Betrachtung doch wieder als nur aus Plastik erweisen.

Überflüssig zu erwähnen, dass Tante Elfriede natürlich keine Spülmaschine hat, es gibt noch kein Fabrikat mit besonders subtilen Düsen.

Die Möbel in Tante Elfriedes Wohnung bestehen aus den üblichen Materialien, also Holz und Plüsch und Wolle (die Bezüge der Sofakissen sind überwiegend gehäkelte Handarbeit), fallen aber gar nicht so auf, denn schon an der Zimmertür richtet sich der erste Blick auf den wuchtigen Sofaumbau und dort wiederum auf die gläsernen Kostbarkeiten – also jene, die Tante Elfriede besonders schätzt und dort aufgereiht hat. Dazu gehören unter anderem zwei Bambis, ein bläulich schimmernder Delphin, mehrere Elefanten unterschiedlicher Größe und noch einiges andere Getier, das üblicherweise durch die afrikanische Steppe streift. Die zwei Kamele gehören – geografisch gesehen – nicht dazu, passen aber vom Volumen her besser dorthin als aufs Vertiko, wo der Kleintierzoo versammelt ist, der vom Fuchs bis zur nur unwesentlich kleineren Schnecke alles umfasst, was einschlägige Geschäfte zu bieten haben.

Im Vertiko liegen und stehen jene Teile, die bei besonderen Gelegenheiten herausgeholt und dann sogar benutzt werden, und die sind alle aus Bleikristall. Das ist richtig dickes Glas (glaube ich zumindest), in das man Muster schleifen kann oder Zacken an den Rand wie für jene ovale Schale, in der immer die Schlagsahne serviert wird. Es gibt eine ähnliche für Konfekt mit Deckel drauf und in Krönchenform geschliffenem Knauf zum Anfassen, und es gibt natürlich diverse schon beinahe antike Tortenplatten, auf die aber keine normal große Torten passen; es lässt sich nur damit erklären, dass man früher aus optischen Gründen und vor allem dank Buttercreme und Sahne mehr auf die Höhe vom Kuchen achtete als auf den Umfang.

Im Übrigen gehört Tante Elfriede keineswegs zu jenen Verwandten, mit denen man Kontakt hält, weil man sie mag, sondern mehr zur gegenteiligen Kategorie; man hat die Tante zum letzten Mal vor drei Jahren anlässlich der

Beerdigung eines Cousins dritten Grades gesehen; und davor war's ihr 70. Geburtstag gewesen, bei dem der »Empfang« in der Wohnung stattgefunden hatte, das Souper allerdings im Ratskeller. Und niemand dabei, den man gekannt hatte!

Vielleicht sollte ich noch erwähnen, dass Tante Elfriede gerade mal acht Jahre älter ist als ich, nur hatte mir das nie jemand gesagt, denn bis ich sie nach etlichen Jahrzehnten persönlich kennenlernte, war ich immer der Meinung gewesen, sie sei mir mindestens ein Vierteljahrhundert voraus. Allerdings trägt sie am liebsten Jackenkleider bis weit übers Knie und dazu Schluppenblusen, hat ondulierte Löckchen auf dem Kopf, während ich nach Ansicht meiner Töchter überhaupt keine Frisur habe; hat immerhin den Vorteil, dass ich auch mal ohne Föhn auskomme. Tante Elfriede verbringt ihren Urlaub in Bad Wörishofen oder in der gesunden Schwarzwaldluft, mir ist das Meer lieber, und je weiter weg, desto wärmer ist es meistens! Außerdem guckt Tante Elfriede die Lindenstraße sowie sämtliche Fürsten- und Grafen-Soaps, ich stehe aber mehr auf Krimis.

Nein, es wäre wirklich schwer, zwischen uns Gemeinsamkeiten zu finden außer der verbrieften Tatsache, dass wir im selben Jahrzehnt geboren sind.

Bis dato hatte ja auch immer die traditionelle Weihnachtskarte mit Tannenzweiglein vorne drauf und den üblichen Wünschen und Grüßen »von uns allen« genügt, aber diesmal würde das nicht ausreichen, denn ich hatte von Tante Elfriede zum letzten Geburtstag eine Kilopackung edler Pralinen bekommen, und dann auch noch per Express.

»Die hat sie bestimmt selber gekriegt«, hatte Sohn Sven vermutet, »aber der Arzt hat's ihr verboten, weil sie Übergewicht hat und ...«

»Nee, das bestimmt nicht!«, hatte ich ihn unterbrochen. »Tante Elfriede ist nicht schlank, sondern dürr!«

»Na schön, dann ist es eben was anderes! Aber aus reiner Nächstenliebe hast du diese Kalorienbombe nicht gekriegt! Das dicke Ende kommt noch nach!«

Es kam jedoch nicht. Natürlich hatte ich mich mit einem richtig langen Brief bedankt, und zu ihrem Geburtstag würde ich ganz bestimmt Blumen schicken, doch der ist erst im Februar, und dann kann man nun wirklich nicht noch mal die Pralinen zur Sprache bringen. Also bleibt nur ein Weihnachtsgeschenk, zum ersten Mal übrigens, und das wiederum sollte etwas Gläsernes sein, aber was?

Der wirklich geniale Einfall kommt von Stefanie. »Geh doch mal ins Internet, da wirst du garantiert fündig!«

Ich weiß ja, dass man im Internet alte Autos verkaufen kann und Uromas vergilbtes Hochzeitskleid, bodenlang mit Spitze unten dran; man erfährt das Originalrezept vom echten österreichischen Topfenstrudel und wie der Film heißt, in dem Zarah Leander das Lied vom Wind gesungen hat.

Man findet im Internet einen Mann, der im Vorgarten die 25 Meter hohe Birke fällt, ohne dass hinterher ein Dutzend Dachziegel plus Regenrinne kaputt sind, und bestimmt gibt es auch jemanden, der den Text von den zehn kleinen Negerlein ins Portugiesische übersetzen könnte.

Nun bin ich aber kein Internet-Surfer, der stundenlang vor dem Bildschirm sitzt, sich in alle möglichen Foren einloggt oder irgendwelche Spielchen sucht und dann stundenlang virtuelle Ufos abschießt ... ich benutze das Internet wirklich nur selten und dann auch ganz gezielt. Aber Stefanies Idee, doch dort mal nach einem Geschenk für Tante Elfriede zu suchen, hat etwas für sich. Also klicke ich die Einkaufsseite an. Prompt kommt die erste Frage: *Schnuppern Sie als Besucher, oder wollen Sie sich als Kunde einloggen?* Natürlich als Kunde. Alles klar. Ich logge mich ein.

Mit telefonischer Unterstützung von Stefanie (»Wie komme ich denn an Glas und Porzellan ran? Oder geht Glas wieder extra? – Nein, falsche Seite, ich suche doch keinen Wintergarten! – Wieso Antiquitäten? Viel zu teuer, bin ich vielleicht Bill Gates? – Warum hast du das nicht gleich gesagt?«) komme ich schließlich dorthin, wo ich etwas Passendes für Tante Elfriede suchen kann und sogar finde, nämlich ein gläsernes Schaf mit Lämmchen nebendran. Honi soit qui mal y pense!

Jetzt kommt der schwierigere Teil des ganzen Unternehmens, nämlich die Bestellung. Ich muss auf der Frontseite die Anmeldung suchen und dann *Hier registrieren* anklicken. Klar, man will wissen, mit wem man es zu tun hat. Ich bin ja neu in dem Geschäft!

Es tut sich eine Seite mit 28 Spalten auf, die ich ausfüllen soll. Nun ja, wir sind nicht umsonst bekannt als das Land mit den meisten Fragebogen. Es wird ja auch nur das abgefragt, was ich im Laufe meines Lebens schon in unzählige Formulare, Meldezettel und ähnliche Papiere geschrieben habe, und darunter ist nichts, was Herrn Minister Schäuble interessieren könnte. Als ich fertig bin, soll ich *Weiter* anklicken.

Tue ich auch, und prompt verschwindet die Seite und ist gleich wieder da. Bin wohl versehentlich von der Taste abgerutscht, kann ja passieren, also noch mal von vorne: auf *Weiter* drücken. Die Seite ist weg – und gleich wieder da. Ja Kruzitürkennochamal, was läuft denn da schief?

Schließlich entdecke ich, dass in Spalte 13 das Geburtsdatum mit Nullen versehen werden muss. Das scheint jemand ausgetüftelt zu haben, der selber dazugehört. Zu den Nullen! Also nulle ich vorschriftsmäßig, und dann wird's wohl endlich weitergehen.

Irrtum, dieselbe Seite kommt noch mal zurück. Was zum Kuckuck … Aha, alles klar, ich habe vergessen, in die Spalte 29 ein Häkchen zu setzen und damit zu bestätigen, dass ich mit den AGB einverstanden bin. Was, bitte, heißt AGB? **A**lle **g**anz **b**ekloppt? Nein, es handelt sich nur um die Allgemeinen Geschäftsbedingungen.

Es geht weiter. Nein, es geht nicht weiter, ich muss noch in Spalte 31 sehr merkwürdige Zeichen tippen, nämlich 7$ßQR. Kriege ich ja auch noch hin, nun aber bitte ein bisschen dalli, ich würde gern noch heute fertig werden!

Daraus wird aber nichts, denn dieses geheimnisvolle Männchen, das da irgendwo im Internet herum schwirrt, teilt mir via Bildschirm mit, dass ein Fehler am Server aufgetreten sei …

Was das bedeutet, wird mir sehr schnell klar! Nämlich: Alles zurück auf Anfang!

Diesmal geht's schneller, ich weiß ja, wie es funktioniert und welche Antworten jeweils erwünscht sind. Offenbar ist diesmal alles richtig, denn nun erfahre ich die Lieferbedingungen und Zahlungsmodalitäten, außerdem will man wissen, ob ich die Ware noch in diesem Jahr haben möchte. Zwar halte ich das zwei Wochen vor Weihnachten für eine ziemlich dusselige Frage, antworte aber korrekt mit *Ja*.

Jetzt ist man offenbar zufrieden, denn ich werde ermuntert, die Spalte *Bestellung abschicken* anzuklicken, worauf der Bildschirm schwarz wird und sich lediglich ein kleines Kästchen öffnet, in dem man mir mitteilt, dass ein schwerer Ausnahmefehler entstanden ist und das Programm aus diesem Grund geschlossen wird. Was nichts anderes bedeutet als *Computer ist abgestürzt.*

Es dauert ungefähr fünf Minuten, bis sich alles wieder aufgebaut hat, nach weiteren sieben Minuten habe ich den Fragebogen zum dritten Mal ausgefüllt, bin sogar mutig genug, die Bestellung wiederum abzuschicken – hurra, sie geht raus, und ich bekomme die Information, dass sie weitergeleitet wurde und ich per E-Mail die Bestätigung erhalten werde.

Nach einer knappen Stunde ist auch eine Nachricht da: Leider sei der Artikel zur Zeit ausverkauft und erst ab dem achten Januar wieder lieferbar.

Tante Elfriede kriegt jetzt einen Blumengutschein und zwei herzallerliebste Löwenbabys, absolut ungefährlich, denn das Foto steckt zwischen zwei rahmenlosen Glasscheiben!

Vergnügliches Chaos, charmante Missgeschicke und schräge Begegnungen!

Muss ich denn schon wieder verreisen?

Obwohl sie ein absoluter Reisemuffel ist, lässt sich Evelyn Sanders von Freundin Irene zu einer Gruppenreise durch Israel überreden. Kaum wieder daheim und erst recht überzeugt, dass es zu Hause am schönsten ist, muss sie erneut die Koffer packen, da Tochter Stefanie unbedingt ihre Beziehungsprobleme mit ihr besprechen muss – auf den Malediven …

Menschenskinder … nicht schon wieder!

Drei Hochzeiten hat Mutter Evelyn Sanders durchgestanden, und trotzdem sind erst zwei ihrer fünf Nachkommen unter der Haube, hat doch Sohn Sascha einen zweiten Versuch starten müssen. Und nun steht die vierte Hochzeit ins Haus! Wie immer, wenn die Familie zusammenkommt, lassen kleinere und größere Katastrophen nicht lange auf sich warten …

Geht das denn schon wieder los?

Warum krümelt eigentlich der Sandkuchen immer so? Kann man eine zwei Meter hohe Nordmanntanne mit lilafarbenen Glaskugeln schmücken? Und dann noch Urlaub in der Wüste – ob das wohl gutgeht? Der ganz normale Wahnsinn im Hause Sanders, doch damit nicht genug: Das zweite Enkelkind befindet sich im Anmarsch, und was lange währt, wird endlich wahr: Die jüngste von Evelyn Sanders' Töchtern heiratet …

Knaur Taschenbuch Verlag

Witzig, turbulent und lebensnah –
Evelyn Sanders' heiterer Blick auf
die Kuriositäten des Alltags ist unerreicht!

Das hätt' ich vorher wissen müssen

Da dichtet Evelyn Sanders ihrem Sohn zum Geburtstag eine witzige Familiengeschichte, und was geschieht? Der Ehemann bringt das Buch an den Verlag – und es wird prompt zum absoluten Bestseller! Ein Leben als Spitzenautorin – das hat der Mutter einer Großfamilie gerade noch gefehlt ...

Das mach' ich doch mit links

Der Journalist Florian soll vorübergehend in das Haus seines Bruders ziehen, um dessen vierfachen Nachwuchs zu hüten. »Das mach ich doch mit links!«, meint Florian. Doch wie so oft im Leben stellt sich die Realität als ein klein bisschen komplizierter heraus als gedacht ...

Hotel Mama – vorübergehend geschlossen

Nichts kann die beiden lebenslustigen Endfünfziger und zweifachen Großeltern Tinchen und Florian Bender so leicht aus der Fassung bringen. Doch dann wird's Weihnachten: Kinder und Enkel, ein halbvergessener Neffe, eine neue Liebschaft und weitere mehr oder minder sympathische Verwandte samt ihres Anhangs kehren ein im »Hotel Mama« – und schon bald herrscht Chaos ...